中华经典

精粹解读

宋 词

蔡义江 编著

中华书局

图书在版编目(CIP)数据

宋词/蔡义江编著. —北京:中华书局,2011.9(2017.1 重印)
(中华经典精粹解读)
ISBN 978 – 7 – 101 – 08174 – 9

Ⅰ. 宋… Ⅱ. 蔡… Ⅲ. 宋词 – 选集 Ⅳ. I222.844

中国版本图书馆 CIP 数据核字(2011)第 171063 号

书　名	宋　词
编著者	蔡义江
丛书名	中华经典精粹解读
责任编辑	杜国慧　郭　妍
出版发行	中华书局

(北京市丰台区太平桥西里 38 号　100073)
http://www.zhbc.com.cn
E-mail:zhbc@zhbc.com.cn

印　刷	北京市白帆印务有限公司
版　次	2011 年 9 月北京第 1 版 2017 年 1 月北京第 3 次印刷
规　格	开本/880 × 1230 毫米　1/32 印张 7¾　插页 2　字数 135 千字
印　数	10001 – 12000 册
国际书号	ISBN 978 – 7 – 101 – 08174 – 9
定　价	14.00 元

中华经典精粹解读

出版说明

在快节奏的现代生活中，如何在有限的时间里读到中国传统文化中最经典的著作？怎样才能尽快领略到经典的核心要义，减少在茫茫书海中不得要领的辛苦？"中华经典精粹解读"丛书正是为适应当代读者需求而特别编写的国学经典普及丛书。

丛书"精粹"二字体现在两个方面：一是所选典籍均为中国传统文化中最具代表性的著作，二是所选文段均为经典中的精华部分。

原文后附"扩展阅读"，是参照原文选段，从其他经典著作中选摘出的内容、思想与本段相关的语段，以使读者获得比较阅读的乐趣，视野得以开阔，思路得以拓宽，从而更加全面深入地理解选文。

段末"点评"，是在充分尊重前人思想成果的基础上，从当代人的视角出发，对文段精髓加以讨论解读，以唤起读者更多的思索和体悟。

原文选段及扩展阅读选段之后，辅以侧重语词解释的注释和串讲文意的译文，不作繁琐考证，以助理解；生僻字词均加注汉语拼音，以利诵读。

本套丛书选用中华书局出版的权威版本作为底本，由富有研究成果的专家学者协力遴选篇章、撰写导言及点评，在此对专家学者们"撷取务精、注释务准"的专业精神表示由衷谢意。

藉由此书，我们愿为古典文学爱好者以及有兴趣了解经典的读者奉上可参考的常备读本。希望我们的努力可以为传统经典贴近当代读者、当代读者走近传统经典助力。

中华书局编辑部

2011 年 9 月

目 录

导　言

　　词，萌芽于隋，兴起于唐，成熟于晚唐、五代，大盛于两宋，是唐宋新兴的诗歌体裁。

　　词，原本是音乐文学，是为配合乐曲而填写的歌词，所以全称为曲子词，简称为词。既然要按曲子节奏填词，就很难都用整齐的五、七言来填，因为曲子总有长短快慢；所以除有极少数的例外，一首词中句子总是长短参差的，故词又称长短句。词还有乐府、歌曲、乐章等名称，也都可以看出它与音乐的关系，只有较为晚出的诗余之称，是忽略了词与音乐之间的关系的。所谓诗余，是将词说成是诗的余绪（贬低词的说法），或以为词是由诗增减字数、改变形式而演化成的。这都是只着眼于诗词语句篇章的异同而没有考虑音乐对词的产生的决定性作用而形成的片面看法，因而是不太符合实际的。

　　诗，也有配乐唱的，主要是乐府。乐府与词的根本区别在于：一、乐府起于汉代乐府机构所采集的民歌，所配的音乐是以前的古乐，叫雅乐，还有汉魏以来的清商曲，叫清乐。而词所配的音乐，则是以隋唐以来大量传入中国的胡乐为主体、包含部分民间音乐成分，共同结合形成的一种新乐，叫燕乐（也作宴乐）。燕乐所用的乐器也与以前不同，主要是极富表现力的琵琶，以后则有觱（bì）栗。词所配合的就是这种当时极受欢迎而广为流行的新音乐、新曲调。二、乐府以及也被拿来唱的声诗，都是先有诗，然后才配以乐的；词则是先有乐曲（词调）而后才倚声填词的。这一区别也很重要，由此我们知道乐府歌行中的长短句是自由的，作者可凭自己的意愿或长或短，并自己决定如何用韵；而词的长短句则是规定的，是必须与曲子相配合的，是由每一个词调的格律要求所决定的，犹律诗之格律规定"诗有定句、句有定字、字有定声、双句押韵、中间对仗"，不能任意违反一样。在这一点上，每一词调都像是一种不同格式的律诗。词，虽然也有乐府之称，其实它比近体诗更讲究声韵格律，所以又被人称之为近体乐府。

词除句有长短外，尚有些体裁特点是有别于诗的。首先是每首词都有个词调，也叫词牌。它表明词写作时所依据的曲调乐谱，因而也就等于是词在文字上的格律规定。词在初起时，词调往往就是题目，名称与所咏的内容一致；以后继作时，因为内容不同，又另加题目或小序（当然也可以不加），词调便只有曲调与格律的意义了。也有作者在择调时，有意识让词调的名称同时充当题目用，那是另一码事，词调还是词调，不是题目。一个词调，调名往往不止一个，如《木兰花》又名《玉楼春》，《蝶恋花》又名《凤栖梧》《鹊踏枝》……之所以有两名或数名，原因不尽相同，其中一个是本名，其他是别名。别名多的，可多至七八个。一调数名，是较普遍的；反之，也有两调同名的，就只是个别的了。这方面，有《词名索引》（中华书局）之类的书可查，兹不赘述。

词调中有些用字也可一提：带"子"字的，如《采桑子》《卜算子》等，"子"就是曲子的省称。带"令"字的，就是令曲或小令；一般是字少调短的词，当起于唐代的酒令。带"引"字"近"字的，则属中调，一般比小令要长而比长调要短（不足一百字）。带"慢"字的，是慢曲子，即慢词，大部分是长调。此外，还有局部改变原词调字数、句式的"摊破""减字""偷声"，以及增加乐调变化的"犯"等，就不一一介绍了。每一词调都表达一定的情绪，有悲有喜，有调笑有嗟叹，有宛转有激昂……也有对不同情绪有较大适应性的，这也就是音乐曲调的情绪。曲调既已失传，我们就难以确知，只能从有关记载、当时的代表词作以及词调的句法、用韵等去了解、分析和揣度了。

其次，词的分片也是它与诗明显不同处。词除很少数小令是不分段的单片词（称单调）外，绝大部分都分为两段（称双调）。一段叫一"片"，片也就是"遍"，是音乐已奏了一遍的意思。乐曲的休止或终结叫"阕"，所以片又叫阕。双调词通常称第一段为上片或上阕、前阕，第二段为下片或下阕、后阕。上下片的句式，有的相同，有的不同。长调慢词中有少数是分三段，甚至四段的，称"三叠""四叠"。三叠的词中，又有一种是"双拽头"的，即一叠与二叠字句全同，而比三叠来得短，好像前两叠是第三叠的双头，故名。如周邦彦《瑞龙吟》便是双拽头，而他的《兰陵王》就不是。四叠词极少，今仅见吴文英《莺啼序》一调，共二百四十字，是最长的词调。片与片虽各成段落，但在作法上上下片的关系也有讲究。下片的起句叫"换头"，在作法上又称"过片"。如张炎《词源·制曲》云："最是过片，不要断了曲意，须要承上接下。如姜白石（《齐天乐》）词云：'曲曲屏山，夜凉独自甚情绪！'于过片则云：'西窗又吹暗雨。'此则曲之意脉不断矣。"

此外，词的押韵与诗多数是偶句押韵，少数是句句押韵，或一韵到底，或若干句一转的情况都不一样。词的韵位，大都是其所合的音乐的停顿外，不同曲调音乐节奏不同，不同词调的韵位也各别，有疏有密，变化极多，有时一首词中韵还可分出主要和次要来。如苏轼《定风波》，以"声""行""生""迎""晴"五个平声韵为主，而其中又夹杂进三处仄声韵为宾，即"马"与"怕"押，"醒"与"冷"押，"处"与"去"押。这样的押韵法，是诗中所未有的。当然，词的用韵，从合并韵部、通押上去声来看，又比诗的用韵要宽些。至于词的字声，基本上与诗的律句由平仄互换组成相似，但变化也很多，有些词调还在音乐的紧要处，要求分出四声和阴阳来。

词最初源于民间，《敦煌曲子词》的发现，为这一点提供了充分的证据。文人词在初盛唐几乎是凤毛麟角。到中唐白居易、刘禹锡时代，词才算略有一席之地，但所作多半是《忆江南》之类颇似由绝句形式改造而成的小令，作者填词，也只是偶一为之。

到晚唐温庭筠、韦庄，词的创作才出现了重大的飞跃。有了一批专长于填词的作家，词的体裁形式和表现技巧也完全成熟了。温、韦都是唐末重要的诗人，同时又都是词的大家。以他们为首，包括一批五代的词作者共十八人，就有五百首词被五代后期蜀人赵崇祚收录在他所编的《花间集》一书中，从而被人称之为花间派。这些词人和作品有个共同的特点，即基本上都是为娼家妓女和教坊乐工创作的，这完全适应了当时南方都市经济发展的需要。爱情相思、离愁别恨，几乎成了这些词的唯一主题，同时词的语言风格，当然也是绮靡艳丽的，因为它们都是"花间（花，喻指妓女）尊前"唱的歌曲。乍一看，这个头似乎开得不好，但问题恐不能这么孤立地简单地看，要没有花间派词人的努力，没有这种为满足都市生活需要而创作流行的新曲子词的普遍热潮的形成，词这种新体裁和与之相适应的语言艺术技巧，就不可能成熟得这么快，词对后来文坛的影响也不可能那么大，诗歌发展的历史就要推迟。而且说到底词的兴起，也不可避免地总会要经过这样一个阶段的，不管它发生在何时何地。这就是历史，而历史是不能任意取舍割裂的。

不在《花间集》、不属花间派的五代词人中还有三位大词家，那就是南唐中主李璟、后主李煜和冯延巳。他们一部分词与花间派的题材、风格相近，只不过反映的是宫廷贵族的私情密约、风流逸乐的生活，在艺术境界上，则委婉蕴藉，有明显的提高。另一部分风格哀怨的抒情词，特别是南唐亡国以后，李煜过着"日日以眼泪洗面"的臣虏生活，所作之词，尽是伤悼身世遭遇、寄托故国之思的哀音，这就一扫"为侧艳之词"的花间风格，而以纯朴的白描手法来抒发内心真实而深切的感受，把词境推向了唐五代词的艺术最高峰。

北宋前期的词是唐五代词的延续，虽题材略有扩大，但基本上仍不出爱情、相思、离别、游宴、赏景等范围，如欧阳修这样的大作家，许多严肃的内容都见诸其诗文而并不写在词中，这就是词在发展过程中形成的传统题材内容对作家影响的具体表现，因此论词者有词是"艳科"的说法。另一方面，欧词与冯延巳词又常常相混，还混作二晏词，这又说明欧阳修、晏殊、晏几道等人的词与五代冯延巳词在题材风格上并没有太大的区别。

在柳永之前，从中晚唐到北宋初，词基本上都是抒情的小令，且已发展到了极高的艺术水准。柳永创作了不少慢词，提高了词体的表现能力，扩大了词的题材领域，是他对词发展史的一大贡献。他是一位长期出入于妓馆教坊的落魄文人，对当时都市生活的需求和市民的心态都有相当深刻的体验和理解，加之又有诗歌才能和音乐素养，所以他的词写出来，便广为流传，所谓"凡有井水处，即能歌柳词"。此外，长于写慢词的尚有张先、秦观等人，他们也都为词的发展注入了新的活力。

词发展到这一时期，作者既多，词体渐渐不依附于音乐而成为独立文体的倾向也就自然产生了。同时，打破词只写绮语艳情、限于狭隘题材的传统观念而用来反映更广阔、更丰富的现实生活及感受的革新想法也随之而产生了。苏轼以他非凡的天才开始了这方面的实践尝试。他放笔挥洒，诙谐谈笑，深沉感慨，把咏怀古迹诗的内容写入词中，这就是著名的《念奴娇·赤壁怀古》（大江东去）。此外，如围猎、记游、述梦、咏物、感慨人生、隐括唐诗、唱和古人、酬答朋友，以及描写农村风物等等，都一一入词。诗与词的界线被冲破，词的传统婉约风格被改变，词的题材内容得到了解放，苏轼被称为词豪放派的代表。在东坡之前，范仲淹曾以《渔家傲》（塞下秋来）写过边塞征戍事，可谓开了豪放词的先河，但终究只是偶作。东坡词虽对词的传统是一次巨大的冲击，但当时并没有形成气候，倒是招来了一些讥议，说他的词是"长短句中诗也""不协音律""要非本色"等等，只是到了南渡后，他的影响才显示了出来。

苏轼的实践证明：词是可以脱离音乐而成为独立文体的。但更重要的是社会需求，当时社会上对合乐的歌词的需要并没有减低，仅仅把词当作一种新诗体来创作的人，难免会被人讥为不能歌、不懂协律，即便他才名高如苏轼。这样，到北宋末期，词风就又回到讲求音律的路子上去了。宋徽宗设立了一个"大晟（shèng）府"，相当于汉代的乐府机关，请了一批精通音律的人来整理乐曲，制作歌词。"好音乐，能自度曲"的周邦彦和"元祐诗赋科老手"万俟咏就成了大晟府的主持者，他们奉旨"依月用律，月进一曲"，凡所制作，都成为典型而被人效仿。周邦彦也确是一位天才，他既精音律，又善辞章，能写出保持传统风格，投合上至宫廷贵族、下至市侩妓女各阶层人的口味的音律优美的词曲来。所以旧时被推崇为宋词的集大成作家，也被人称之为格律派。李清照是这个时期的最后一位天才的女词人，她的词清新婉约，但不绮靡浮弱，有一部分已是南渡后感叹身世不幸之作，有很强的艺术感染力。她与周邦彦等人的词风并不一样，但也极讲究声律。在创作上主张"词别是一家"，不应与诗相混；又自视极高，对诸多前辈词家包括苏轼在内，都有过尖锐的批评。

宋室南渡后，由于国土大半沦丧，一部分有爱国思想的人愤慨痛心，他们要表达内心的不平，除著文赋诗外，也利用起这一早已十分流行的词体来了。词既用来写家国事、民族恨，自然又走上了豪放派的路子。苏轼当年播下的词体革新的种子，埋藏了一段时间，终于到这时候开花结果了。张元干、张孝祥、陆游、辛弃疾、陈亮、刘过，还有南宋后期的刘克庄、刘辰翁等，都在抒写国家兴亡的感慨中拿起了词这个"武器"。其中最突出的自然就是辛弃疾。他不但与苏轼并称"苏辛"，成为宋词豪放派的代表，而且可算得上是宋词中成就最高的真正的集大成者。他不但存词数量最多（六百多首），题材风格也最为多样。他不但能用词直接记述重大史实，如写金主完颜亮欲投鞭渡江，至瓜洲受阻，为哗变金兵所杀，恰值辛氏奉表南归，得以亲见的情形说："落日塞尘起，胡骑猎清秋。汉家组练十万，列舰耸层楼。谁道投鞭飞渡？忆昔鸣髇血污[1]，风雨佛狸愁。季子正年少，匹马黑貂裘。"也能用香草美人手法写出"肝肠似火，色笑如花"的合乎传统婉约风格的作品来，如《摸鱼儿》（更能消）之类，还能作《祝英台近》（宝钗分）、《粉蝶儿》（昨日春如）一类"昵狎温柔"之词。他的农村词更是活泼清新，一派生机。他擅长使事用典，也能信手白描。他在苏轼"以诗为词"的基础上，更进一步"以文为词"，如《沁园春·将止酒》云："杯汝来前！老子今朝，点检形骸。甚长年抱渴，咽如焦釜，于今喜睡，气似奔雷。漫说刘伶，古今达者，醉后何妨死便埋。浑如此，叹汝于知己，真少恩哉！"人谓此词是《毛颖传》（见《七颂堂词绎》），即是一例。总之，稼轩是大才，能无所不容。这样，词体又一次突破了倚声的局限而得到了解放。

---

　　① 髇（xiāo）：响箭。

慷慨悲歌和忧国情怀只是南宋时代闪光的一面，相比之下，另一面的情况：习于苟安、追求声色，过着醉生梦死的生活要严重得多，也普遍得多。那些人当然不会欣赏革新派词人的作品。也还有些不同程度上对现实感到失望的人，他们躲进了艺术王国，在专心制曲填词上寄托自己的生活乐趣，竭力追求词在声律格调上的严谨与完美。这样，周邦彦就成了他们崇拜和效法的对象，而词则因此而明显地趋向典雅化。最初的代表人物是长于音律又艺术感觉敏锐的白石道人姜夔，后来则有史达祖、吴文英、蒋捷、周密、张炎、王沂孙等人。他们被人称之为格律派，也有人说他们是典雅派、风雅派。他们的艺术风格其实也不尽相同："姜白石如野云孤飞，去留无迹。"（张炎《词源》）故人称"清空"；史达祖风格虽说与之相近，却涉尖巧而多钩勒；吴梦窗则绵密秾丽、才情横溢，被人比作李长吉或李商隐，张炎讥其为"如七宝楼台，眩人眼目，拆碎下来，不成片段"（《词源》），苛刻之论，未免皮相。咏物词在这一时期特盛，那些成了遗民的词人多借此以寄托亡国之痛。宋亡入元之后，词多模仿前贤而缺乏创新，已趋于衰落了。

本书所选篇目虽则不多，却尽可能挑选宋词之精粹，照顾各流派代表作，同时突出重点作家作品。原本打算基本上以上彊村民（朱祖谋孝臧）所选《宋词三百首》为基础的，因为那是一部被徐调孚推崇为"最平正无疵""最精粹的词选"。但毕竟朱氏是晚清至民国初人，对词的看法仍不脱传统观念，选词的标准以浑成为归、典雅为上，侧重于格调声律。因此，像拓展词境界的范仲淹《渔家傲》（塞下秋来）、苏轼《念奴娇》（大江东去）等名篇都未入选，苏辛清新可喜的农村词也被忽略。所以，我们这次精选时，还是突破了《三百首》的篱樊，有近三分之一作品不在该书之列。此书的注译评说，力求深入浅出，把学术性与普及性结合起来。宋词版本众多，同一首词，往往有一二处或多处异文，我在选录时，已尽量多方参校，择善而从。考虑到此书是普及读物，所以除个别字句有说明外，一般都不出校记，以免繁琐。工作是严肃认真的，效果如何，犹待读者和专家们的批评指教。

蔡义江

于北京东皇城根南街84号寓所

范仲淹 二首

范仲淹（989—1052）：字希文，出生于江苏吴县。官至枢密副使参知政事。主张政治革新，曾在陕西守卫边塞多年，对巩固国防很有贡献。诗、词、文都很出色。词传世很少，文《岳阳楼记》中"先天下之忧而忧，后天下之乐而乐"句古今传诵。谥"文正"。有《范文正公集》。

苏幕遮

碧云天，黄叶地。秋色连波，波上寒烟翠。山映斜阳天接水；芳草无情，更在斜阳外。　　黯乡魂①，追旅思②；夜夜除非、好梦留人睡。明月楼高休独倚③。酒入愁肠，化作相思泪。

【注释】

①黯乡魂：内心因怀念家乡而悲伤。形容心情沮丧叫黯然。

②追旅思：摆脱不了离家在外的愁思。

③倚：靠着。

【译文】

　　天空飘着淡青的云朵，大地铺满枯黄的落叶。秋色绵延，一直伸展到水边；水面清波浩渺，笼罩着一层带有寒意的苍翠的烟雾。远处山峦映着斜阳，天与水连成一片；而引起我思念远方的无情芳草啊，它处处生长，无边无际，哪怕是比斜阳更遥远的天边，也总是绵绵不绝。

　　我的心因怀念故乡而黯然悲伤，羁旅的愁绪总是在心头萦绕不去。我夜夜都受思念的煎熬而难入睡，除非是能做上个好梦，才会得到片时的安眠。明月正照在高楼之上，还是不要独个儿靠在栏杆上吧，我本想借酒浇愁的，谁知酒喝下去，都变成相思的眼泪了。

范文正公《苏幕遮》词云:"碧云天……"公之正气塞天地,而情语入妙至此。(《历代词话》引《词苑》)

【译文】

范文正公的《苏幕遮》词说:"碧云天……"文正公一身正气,浩然充满天地,想不到他抒起情来也能妙到如此地步。

点 评

一代名臣,德高望重,勋业卓著,正气凛然。但他也有如此词那样绮丽哀怨之作。人的感情本丰富多样,未必处处都要板起忧国忧民的面孔来,何况词在北宋,一般都还不作为表严肃内容的文体。这是一首抒写自己离乡去国之别情的词。

上阕写景,借景暗示远别之情。开头先俯仰高天大地,从宏观角度为秋景设色,很有艺术概括力。后来王实甫《西厢记》就用"碧云天,黄叶地"作《长亭送别》时莺莺的一段精彩唱词的发端。再接地景,由近及远,绵延至水边。"秋色"于此点明。"寒""翠",从感觉和视觉上渲染清秋季节。峰峦被斜阳映照,写时近傍晚,使下阕写夜来情景不突兀。水天相接,意境旷远,引目光于视野尽头,所谓望穿秋水。古诗曰:"青青河边草,绵绵思远道。"芳草与离情别绪相关,已成诗歌中的传统意象。所以李煜词也说:"离恨却如春草,更行更远还生。"(《清平乐》)草木无情人有情,"无情"二字正启后半阕多情伤感文字。芳草纵然遥远,也不能"更在斜阳外"啊!此所谓诗趣,无关理也。

下阕抒情。"黯乡魂,追旅思",揭出主题,也将上阕末了句的感情内涵和盘托出,"过片"极有章法。接着说因离恨而难眠,不作直笔，却从能睡去说："夜夜除非、好梦留人睡。"不言而喻，好梦便是回到故乡，与亲人团聚了。而眼下只能是羁旅孤凄，高楼独倚，望月兴叹，以酒浇愁了。明月楼头又是表达相思的传统意象，如曹植《七哀》诗："明月照高楼，流光正徘徊。上有愁思妇，悲叹有余哀。"这类诗不胜枚举。用自我规劝语式，以见良宵美景勾起离情之苦。"独倚"，交待清自己的处境。又补明上阕中诸景，也是高楼眺望所见。结句巧思独运，九字说尽愁绪难排，极富艺术魅力。"酒"为遣愁，"泪"却难遏，只因"相思"入骨。李白"抽刀断水水更流，举杯消愁愁更愁"（《宣州谢朓楼饯别校书叔云》）自是诗语；范仲淹"酒入愁肠，化作相思泪"凄恻销魂，婉曲入妙，则是典型的词语了。

渔 家 傲

塞下秋来风景异①，衡阳雁去无留意②。四面边声连角起③，千嶂里④，长烟落日孤城闭。　　浊酒一杯家万里，燕然未勒归无计⑤。羌管悠悠霜满地⑥。人不寐，将军白发征夫泪。

【注释】

①塞（sài）下：边境，此指西北边疆。

②"衡阳"句：今湖南衡阳旧城南，有回雁峰，山似雁之回旋，相传雁至此不再南飞。

③边声连角起：边声，如风号、马嘶一类边地悲凉之声。角，号角。

④嶂：山峰状如屏障者，也泛指山峰。

⑤燕然未勒：尚未克敌建功。东汉窦宪曾击败北匈奴，登燕然山（今蒙古人民共和国杭爱山），勒石记功。勒，刻。

⑥羌管：也叫羌笛，出自羌（少数民族）地。

【译文】

　　秋天到来时，边境的风光真奇异：南飞的大雁往衡阳去也不想停留一下。边地四面传来悲凉的声音，应和着军中的号角声，一时响起。在群山环抱中，长长的烽烟在落日中升腾；一座孤零零的城堡关上了城门。

　　浑浊的酒一杯在手，家乡已相隔千里万里。功勋尚未建立，要想回家也没有办法。在哀怨悠扬的羌笛声中，地上结满了浓霜。大家都睡不着觉，身为将军的我头发也白了，士兵们都在流泪。

扩展阅读

范文正公守边日，作《渔家傲》乐歌数阕①，皆以"塞下秋来"为首句，颇述边镇之劳苦。欧阳公尝呼为穷塞主之词②。（魏泰《东轩笔录》）

【注释】

①乐歌数阕：即词数首。

②欧阳公：欧阳修。

范文正公镇守西北边疆期间，写了好几首《渔家傲》词，都以"塞下秋来"作为开头，讲了不少戍守边地的劳苦。欧阳修曾将它称之为潦倒边帅的词。

点 评

1040 年，范仲淹自越州改任陕西经略副使兼知延州（今陕西西安）。两年前，西夏元昊称帝，连续侵宋。北宋西北边陲长期不加警戒，武备松弛，仓促用兵，屡战屡败。在调范仲淹知延州前不久，西夏军已将延州外围据点一一攻陷，延州成了孤城。范氏受任于败军之际，奉命于危难之间。他到任后，选将练卒，招抚流亡，增设城堡，联络诸羌，深为西夏畏惮，称"小范老子腹中有数万甲兵"。此词写边城荒寒和将士的劳苦，流露出年老无功、忧患边防而又体恤士卒的复杂心情。原是数首相关的组词，今独存此首。

上阕以写景为主。首句是总说。作者是苏南人，初到陕北，自然对异域的风光有特别深刻的印象与感受。次句以大雁急急地向南飞去，毫无停留之意，暗示边地的萧索荒凉，严寒将至；同时也衬托出戍者望归而无计的沮丧心情。提到"衡阳"，固然由于它正处在延州遥远的南面，更因为衡山的回雁峰有与雁飞相关的传说。写过所见，接写所闻，"四面边声连角起"以声音来渲染悲凉气氛，自然地引到戍守之事上来。末了以重色调画出群山之中的"孤城"，令人想见其险峻的地理环境与军事形势。

下阕以抒情为主。过片先写以酒浇愁，家乡遥远，暗中呼应前面的望断南飞雁。然后申明有家归不得的缘由，说出词之要旨："燕然未勒"，戍边尚未建立功勋。肩负重任的主帅范仲淹清醒地看到形势的严峻，忧心忡忡，也曲折地透露出对北宋朝廷长期忽视边防的重内轻外政策的不满。实话实说，倒被后来不知真实边陲情况的欧阳修讥为"穷塞主之词"。其实，会说豪言壮语，表示要建奇功于异域的诗人文士，历来多多，未必都是国家安危系心、真知用兵的补天手。此后再插入一句景语"羌管悠悠霜满地"，极妙；既使地域、季节的特色一时显现，又使前后抒情更蕴藉丰满，不单调干枯。词的收结，非颓伤厌战语，而是忧国情怀与思家心绪的复杂交织。

全词苍凉悲壮，一扫唐五代花间派柔弱绮靡的词风，为后来苏、辛豪放词作了先导，是一首在宋初词坛上独放异彩的佳作。

张先一首

张先（990—1078）：字子野，乌程（今浙江湖州）人。仁宗天圣八年（1030）进士。曾知吴江县。晏殊任京兆尹，辟为通判。曾任安陆（今属湖北）知县，故人称张安陆。英宗时，退居乡间，以诗酒自娱。词清丽工巧，有《安陆集》。后人又辑有《张子野词》。

天 仙 子

时为嘉禾小倅①，以病眠，不赴府会。

《水调》数声持酒听②，午醉醒来愁未醒。送春春去几时回？临晚镜，伤流景③，往事后期空记省④。　　　沙上并禽池上暝⑤，云破月来花弄影。重重帘幕密遮灯，风不定，人初静，明日落红应满径。

【注释】

①嘉禾小倅（cuì）：指秀州通判。嘉禾，秀州的别称，治所

在今浙江嘉兴。倅，副职。

②《水调》：唐大曲名。凡大曲有歌头，词家截之，另倚新声
　为词调，名《水调歌头》。

③流景：流年；逝去的岁月。

④后期：日后的约会。　记省：记得清楚。

⑤并禽：双栖的鸟。　暝：日暮。

【译文】

　　我手持酒杯，一边饮酒，一边听几声《水调》的歌声。
人已从午间的醉意中清醒过来，但心中的愁意却还没有醒
呢。我送走了春天，不知春天几时才能再回来。傍晚时，对
镜自照，感伤年华像流水似的逝去。以往的事情和日后的约
会，都清楚记得，但那又有何用？

　　成双的鸟儿并栖在沙滩上，暮色已笼罩池面。天上云破
月出，将清辉洒向大地，花枝微微摇摆，玩弄着自己的倩
影。垂下重重帘幕，密密地遮住室内的灯火，外面的风不停
地在吹，人声已开始静寂了下来。明天起来，该能见到吹落
的花瓣铺满小路了。

　　有客谓子野曰："人皆谓公'张三中'，即心中事、眼中泪、意中人也。"公曰："何不目之为'张三影'？"客不晓。公曰："'云破月来花弄影''娇柔懒起，帘压卷花影'①'柳径无人，堕飞絮无影'②。此余平生所得意也。"（胡仔《苕溪渔隐丛话》引《古今诗话》）

【注释】

①"娇柔"二句：《归朝欢》词中句，《全宋词》第二句作"帘押残花影"。

②"柳径"二句：《剪牡丹》词中句，《全宋词》作"柔柳摇摇，坠轻絮无影"。记"张三影"事之书有几种，所引之句也有不同，无非说其善用"影"字。

【译文】

　　有一位来客对张子野说："大家都称您老为'张三中'，那是说您常写心中事、眼中泪、意中人。"张公说："为什么不将我看作是'张三影'呢？"来客不知是什么意思。张公就说："'云破月来花弄影''娇柔懒起，帘压卷花影''柳径无人，堕飞絮无影'，这三个'影'字是我平生词作中最为得意的。"

点 评

　　这一首伤春叹老的词是张子野的代表作，也是他全部词作中最负盛名的一首。其所以出名，当然是因为词中有"云破月来花弄影"这一句出色地描绘夜景的丽辞佳句。伤春词常常借女子身份来吟咏，此则又不然，是士人的本来面目，只是在艺术表现上，仍不脱离词的传统的婉约蕴藉风格而已。又伤春词必不离写景和抒情，且多是先写景而后抒情的；当然也有景与情交错，不明显分出先后的。此则又不然，有异于通常结构者是以上片来抒情，却将下片用以写景，而两者仍结合得非常巧妙，这是作者艺术上的高明之处。

　　写云月花影之夜，境界之优美，堪称绝唱；词人眷恋良宵好景的惓惓之心，于句中透出。王国维云："'云破月来花弄影'，著一'弄'字，而境界全出矣。"（《人间词话》）说得很对，此句能脍炙人口，为历来所传诵，全得力于这个"弄"字。可以说，它是表现这一境界的唯一的字，想不出有什么别的字可以替代，比如说换成"窥""乱""有"等等，都绝不能有同样的效果。张先自己也颇为得意，曾在得句处建了个花月亭。

晏殊 一首

晏殊（991—1055）：字同叔，抚州临川（今属江西）人。七岁能文，真宗时以神童荐，赐进士出身。官至集贤殿学士同平章事兼枢密院使。为相引进贤才，当世名臣如范仲淹、韩琦、富弼等都蒙擢用。卒谥元献。词风蕴藉和婉，温润秀洁，为宋初第一大家。有清人所辑《晏元献遗文》及《珠玉词》存世。

浣溪沙

一曲新词酒一杯，去年天气旧亭台，夕阳西下几时回？　　无可奈何花落去，似曾相识燕归来，小园香径独徘徊①。

【注释】

①"无可"三句：晏殊另有《示张寺丞、王校勘》七律一首："上巳清明假未开，小园幽径独徘徊。春寒不定斑斑雨，宿醉难禁滟滟杯。无可奈何花落去，似曾相识燕归来。梁园赋客多风味，莫惜青钱万选才。"其中有三句与此词同，只差别一字，即"香径"作"幽径"。

【译文】

去年，也是这样的天气，就在这座亭台上，我一杯在手，喝着酒，倾听你为我唱一曲新词。美好的时光太短暂了，犹如西下的夕阳难以久留，也不知几时还会再来。

怀着无可奈何的心情，眼看着花儿都纷纷零落委地了。只有燕子又飞了回来，好像是过去曾经认识似的。如今，在这落花飘香的小路上，我独自流连徘徊，寻找着失去的梦。

扩展阅读

词中句与字有似触着者,所谓极炼如不炼也。晏元献"无可奈何花落去"二句,触着之句也;宋景文"红杏枝头春意闹","闹"字,触着之字也。(刘熙载《艺概》)

【译文】

词中的句与字,有的很像不经意碰上的。所谓锤炼到极致,反而像未经过锤炼似的。晏殊的"无可奈何花落去"二句,就像那种不经意碰上的句子;宋祁的"红杏枝头春意闹"中的"闹"字,就像不经意而碰上的字。

点 评

晏殊的词,实以这首小令最著名,主要因为有"无可奈何"两句。如"注释"所引,这两句并见于他的七言律诗中;诗词中都用,可见作者自己也十分满意。那末,究竟是先有诗、后取而成词呢,还是先有词、后取而成诗,这不易断定。但偶句在这首词中见好,而在律诗中就不见得怎么出色了。所以论词者说它"自是天成一段词,着诗不得"(沈际飞《草堂诗余正集》)。"意致缠绵,语调谐婉,的是倚声家语,若作七律,未免软弱矣"(张宗橚《词林纪事》)。王士禛甚至举此作为诗与词分界中能代表词的特色的例句(见《花草蒙拾》)。可见,佳句也还得置于全篇之中,才能真正体现出它的妙处。

首句"一曲新词酒一杯",说者也有不同的理解。它是眼前事呢,还是去年事?或者竟是去年与眼前都有同样的事?我以为说的是往事。第二句中"去年""旧",说的虽然是"天气""亭台",但实在也兼及听曲、饮酒,只是在句法安排上让它置于发端,以突出往昔的欢乐,这也就间接地强调了今日的惆怅。眼前事，直到词的末句才说出，可以说是用了一种倒叙的手法。今昔是同样的天气和亭台，环境同而人事不同，去年饮酒听曲，如今独自徘徊。一、二句都用上四与下三排比或自对的形式，句法潇洒，且增强了两句相关的感觉。因为是说物是人非，所以接第三句就十分自然。"夕阳西下几时回"与张先的"送春春去几时回"用意相似，都为表现惋惜与感慨，是不必对诘问作出回答的。

下片"无可奈何"一联之妙是多方面的。从对偶来看，自然工巧。历来多有赞语，如杨慎曰："'无可奈何'二语工丽，天然奇偶。"（《词品》）卓人月曰："实处易工，虚处难工，对法之妙无两。"（《词统》）等等。从诗意蕴含来看，也耐人寻味。"花落去"，是惜花，也是惜人，也许暗示的就是去年唱"一曲新词"的那位，谁知道呢。"燕归来"，则衬托人不归，这又增加了人事难料的感触。词人面对这无情的现实，除了"无可奈何"外，大概很难再找出别的词来形容心情了，所以贴切自然。说"似曾相识"，也许是想到燕子曾是去年此地欢会的见证者，所谓"旧事飞燕能说"；那么，燕子对今昔的变化也该感到惊讶吧！总之，为人留下不少想象的余地。"无可奈何"句很像是对"夕阳西下几时回"的答复，因为日落与花落的象征意义完全一致，而这种事情谁也奈何不得。"花落去"与末句"香径"相关；"燕归来"又自然逗出个"独"字。词人此时追寻旧梦、怅然若失的情景，在最后点出，因为有了前面的种种描写，反而显得更加情意缠绵、韵味悠长了。

宋祁一首

宋祁（998—1061）：字子京，安州安陆（今属湖北）人，迁居开封雍丘（今河南杞县）。历官翰林学士、史馆修撰。与欧阳修合撰《新唐书》，书成，进工部尚书，随即任翰林学士承旨。谥景文。文集已佚，存词六首。

木兰花

东城渐觉风光好，縠绉波纹迎客棹①。绿杨烟外晓寒轻，红杏枝头春意闹。　　浮生长恨欢娱少，肯爱千金轻一笑②？为君持酒劝斜阳，且向花间留晚照③。

【注释】

①縠绉（hú zhòu）：绉纱的细绉纹。　棹（zhào）：船桨，这里指船。

②肯：岂肯。

③"为君"二句：因花好而挽留夕阳。李商隐《写意》诗："日向花间留晚照。"

【译文】

我觉得东城的春光已渐美好，水面绉纱似的波纹迎着客船往来。绿柳如烟，周围早晨的春寒已很轻微，红杏枝头上，只见一片灿烂春意喧闹。

人生变化无定，我常恨欢乐太少，怎肯吝惜千金而看轻一笑呢？为了你，我举起酒杯奉劝夕阳，请让金色的余晖在花丛中多留些时间吧！

扩展阅读

"红杏枝头春意闹尚书"，当时传为美谈①。吾友公戤极叹之，以为卓绝千古。然实本"花间"②："暖觉杏梢红"，特有青蓝、冰水之妙耳③。（王士禛《花草蒙拾》）

【注释】

①美谈：事见点评。
②花间：指后蜀赵崇祚编的《花间集》。

③青蓝、冰水：后人胜过前人或学生胜过老师的比喻。《荀子·劝学》："青，取之于蓝而青于蓝；冰，水为之，而寒于水。"蓝，蓝草，可作染料。

【译文】

　　"红杏枝头春意闹尚书"的雅号，当时传为佳话。我的朋友公戬对这句词赞叹不已，以为是千古绝唱。但其实它源于《花间集》中"暖觉杏梢红"句，只不过有青出于蓝、冰寒于水的妙处罢了。

点　评

　　宋祁留存的词很少，但这首《木兰花》（别名《玉楼春》）词，却使他名噪一时。《苕溪渔隐丛话》引《遁（dùn）斋闲览》曰："张子野郎中以乐章擅名一时。宋子京尚书奇其才，先往见之，遣将命者谓曰：'尚书欲见云破月来花弄影郎中。'子野屏后呼曰：'得非红杏枝头春意闹尚书耶？'遂出，置酒，甚欢。盖二人所举，皆其警策也。"后来论词者，也常喜欢举此二警句为例，来说明用字对创造意境的重要性。

　　这首词劝人趁着大好春光，及时行乐。主题是最常见的；艺术上却有创造。风格是五代至宋初的那种在文字上很少修饰、琢刻、使事用典的、近乎信笔白描的写法。结构也比较简单：上片写景，说春光大好；下片抒情，说应该尽情欢乐。

　　上片首句，先揭示主题"风光好"。接写春水迎客舟。春来河水渐涨渐绿，波光潋滟，故以"縠绉波纹"来形容，说它可爱。春日游人往来增多，大都为赏花观景，找寻欢娱。这与下片所写有关，故先点出"客棹"。虽说的是春水迎客，却暗示了献殷勤、卖歌笑者的一番忙碌。写景已为抒情伏笔。"绿杨"二句是写春景的主体，对仗秾丽。一则是远景，所以望之杨柳如烟；一则是近景，专为杏花枝头作特写。"晓寒轻"说气候宜人，也正写春意渐浓，自然引出下句来。"红杏"句为全篇之灵魂，后面还要专门谈到。

下片先说人生飘忽不定，常恨乐少苦多。这是应及时行乐的理由。结论是有歌当听，有酒当醉，我岂肯为吝惜千金而轻易放弃博得美人一笑的机会？这样，趁春光明媚之时，召来舞姬歌女，奉酒陪饮，席间清歌曼舞、嬉戏调笑等等，都不言而喻。词结尾借李义山诗句，化用其意，将斜阳拟人，持酒劝其且留美好的晚照于"花间"，也就是有着众多红巾翠袖的筵席之间。夕阳既不可留，天下也没有不散的筵席，则劝语也就等于在劝人"行乐须及春"；不然的话，如俗话所说，"过了这个村，就没有这个店了"。词中流露的享乐主义思想，在封建时代甚为普遍；当时的文人、十大夫对生活的热爱，往往如此。

词中"红杏枝头"句蜚声千载。誉之者固多，毁之者也未尝没有；都争一个"闹"字。抨击它最凶的当数清代李渔，他说："琢句炼字，虽贵新奇，亦须新而妥，奇而确。妥与确总不越一'理'字；欲望句之惊人，先求理之服众。……若红杏之在枝头，忽然加一'闹'字，此语殊难着解。争斗有声之谓闹；桃李争春则有之，红杏闹春，予实未之见也。'闹'字可用，则'吵'字、'斗'字、'打'字皆可用矣。子京当日以此噪名，人不呼其姓名，竟以此作尚书美号，岂由'尚书'二字起见耶？予谓'闹'字极粗俗，且听不入耳，非但不可加于此句，并不当见之诗词。近日词中争尚此字，皆子京一人之流毒也。"（《窥词管见》）李渔对诗词中用俗字的强烈反感，实在是一种非常陈腐、保守的观点。再说他也没有正确理解这句词的意思，说什么这是"红杏闹春"，硬将它与"桃李争春"作比较。桃李争春，岂能说成"桃李枝头春意争"？可见是曲解。其实，所谓"春意闹"，是指红杏盛开，争奇斗艳，似蒸霞喷火般的热闹景象，是枝头鹊噪莺啼，"蜂围蝶阵乱纷纷"的喧闹状态。一个"闹"字写活了生机盎然、蓬蓬勃勃的春意。所以王国维称此句"著一'闹'字，而境界全出"（《人间词话》）。

欧阳修 二首

欧阳修（1007—1072）：字永叔，号醉翁，晚号六一居士，卢陵（今江西吉安）人。仁宗天圣八年（1030），中进士甲科，擢官知制诰、翰林学士，历枢密副使、参知政事。神宗朝，迁兵部尚书，以太子少师致仕。谥文忠。他是北宋诗文革新运动的领袖，为"唐宋八大家"之一。词承袭南唐余韵，婉丽深致。有《欧阳文忠公集》《六一词》等。

采 桑 子

群芳过后西湖好①，狼藉残红，飞絮蒙蒙，垂柳阑干尽日风②。　　笙歌散尽游人去，始觉春空，垂下帘栊③，双燕归来细雨中。

【注释】

①西湖：指颍州的西湖。州治在今安徽阜阳，湖在州城西北。

②阑干：纵横的样子。

③帘栊：窗帘。栊，窗子。

【译文】

　　百花凋谢以后，西湖依旧美好。飘落的红花遍地散乱，白蒙蒙的柳絮飞扬在空中，风把垂柳整天吹得纵横乱舞。

　　笙箫歌声都已散去，游人也走了。我才感觉到春意已经消失。于是把窗帘放了下来。这时，只见一对燕子冒着细雨飞回家来了。

扩展阅读

　　"群芳过后"句，扫处即生；"笙歌散尽游人去"句，悟语是恋语。（谭献《谭评词辨》）

"群芳过后西湖好"句，好像刚扫除掉的地方，立即又萌生了出来。"笙歌散尽游人去"句，是悟道的话，却又是眷恋的话。

点 评

欧阳修曾在颍州做过地方官。到了晚年，已经六十五六岁了，又退居颍州。其时，他写了十首《采桑子》词，咏颍州的西湖。每一首的首句，都落到"西湖好"上，如"轻舟短棹西湖好""春深雨过西湖好""画船载酒西湖好"等等，"十词无一重复之意"（夏敬观《评〈六一词〉》）。这是其中的第四首，很为后来选词者所重。因为作者能别出新意，不落窠臼；与传统习惯上在落花时节总写伤春词相反，他从残春的景象中能发掘出美好的诗情画意。

上片所写的景象，似乎与通常所见的伤春词并无二致。然而读此词时，我们的感受却又与读其他伤春词不同，并不感伤，却会跟着作者的感觉走，感到其中确实存在着一种充满诗情画意的美。开头"群芳过后西湖好"七个字中，前后便有一个大的转折，即谭献所谓的"扫处即生"；这为全词所展示的画面，作了明确的主观情绪倾向的引导。所以我们读来，只觉得遍地落红点点，空中浮动着白蒙蒙的飞絮，迎风飘舞着千万条垂柳的绿丝带。客观的景物，在词人的彩笔驱使下，组成了一幅美丽的残春风景画。

"文似看山不喜平"。倘为说残春时的西湖依旧很不错，而一味作赞美语，怕未必会讨好。欧阳修便不肯作直笔，在这样的小词中也必要起一点波澜。他就用欲扬先抑的写法，先有意作无奈语说："笙歌散尽游人去，始觉春空。"本来不觉春意已经消失，直至笙歌消歇，游客散尽，热闹变为冷清，才感到春天真的好像已过去了。就写残春美好来说，这是很大胆的一笔，因为这一写，景象气氛好像都已降到了低谷，似乎与"西湖好"全不相称。词的结尾，还再推进一步，说"垂下帘栊"，更显得好像外界已意趣全无，不如独处室内倒好。谁知柳暗花明，绝处逢生，最后结一句"双燕归来细雨中"，在细雨蒙蒙中，忽见燕子飞回家来，它们双双在梁间梳理羽毛，啾啾地鸣叫着，像是彼此在争说春天的故事，商量着未来如何生育哺养自己的雏燕。这景象带来一片温馨与宁静，给作者精神顿时平添了极大的欣慰，词意仍回到暮春的西湖依然美好的主题上来了。

蝶恋花

　　庭院深深深几许？杨柳堆烟，帘幕无重数①。玉勒雕鞍游冶处②，楼高不见章台路③。　　雨横风狂三月暮，门掩黄昏，无计留春住。泪眼问花花不语，乱红飞过秋千去。

【注释】
①帘幕无重数：喻许许多多的杨柳。
②玉勒雕鞍：玉制的马衔和雕花的马鞍，指代贵族公子。
　游冶：游乐。
③章台路：犹言烟花巷，妓女聚居处。汉代长安有章台，其下有章台街，后多为妓女所居。

【译文】

　　庭院多么深邃啊，它究竟有多深呢？杨柳就像烟堆，形成了无数苍翠的帘幕。他骑着豪华的宝马在游乐的地方，那条通往温柔乡、销魂窟的烟花巷，我的楼再高，也望它不见啊！

　　雨横风狂中，三月将过，天已黄昏，我关上了门，总也想不出办法能把春天留住。我眼中充满泪水去问花儿，花儿也不说话，一阵风来，倒将它吹得落红散乱，纷纷飞过秋千而去。

扩展阅读

　　词家意欲层深，语欲浑成。作词者大抵意层深者，语便刻画；语浑成者，意便肤浅，两难兼也。或欲举其似，偶拈永叔词云①："泪眼问花花不语，乱红飞过秋千去。"此可谓层深而浑成。何也？因花而有泪，此一层意也；因泪而问花，此一层意也；花竟不语，此一层意也；不但不语，且又乱落，飞过秋千，此一层意也。人愈伤心，花愈恼人；语愈浅而意愈入，又绝无刻画费力之迹，谓非层深而浑成耶？然作者初非措意，直如化工生物②；笋未出而苞节已具，非寸寸为之也。若先措意，便刻画愈深，愈堕恶境矣。此等一经拈出后，便当扫去。（《古今词论》引毛先舒语）

【注释】

①拈（niān）：用指取物。

②化工：创造万物的大自然。

【译文】

　　词，要求意思能层层深入，语言能自然浑成。大凡作词的人，意思能层层深入的，语言就显得琢刻了；语言能自然浑成的，意思就显得肤浅了，两者很难兼而有之。有人想举个近乎兼有的例子，我偶而信手拈来欧阳永叔的词说"泪眼问花花不语，乱红飞过秋千去"，就可说是层层深入而又自然浑成的。为什么呢？因为见花遭风雨摧残而流泪，这是一层意思；因为流泪而去问花，这是一层意思；花竟不说话，这是一层意思；不但不说，而且还纷纷飘落，飞过秋千去，这又是一层意思。人越伤心，花越惹人烦恼；语言越浅显而含意越深入，又绝无一点雕琢费劲的痕迹，能说不是层层深入而自然浑成吗？但作者并非一开始就想着该如何表现的，这真有点像大自然创造万物；笋在尚未出土时，它待展开的竹节都已一一具备了，并非一寸寸地长成的。如果先在筹措怎么写法，这一来，刻画得越深，就越堕入到低劣境地中去了。我这些话，一经说出后，也就该抹去了。

🏵 点 评 🏵

这首词也见于五代冯延巳的集子中，究竟是冯作还是欧作，不同主张各有所据，尚无定论。又张惠言以为此词欧阳修有政治寄托，并一一附会之；王国维《人间词话》中斥其为"深文罗织"。它应是一首写闺怨题材的词。

词的首句为用叠字最有本领的女词人李清照所激赏，还用于自己的词作之中，便很不简单。重叠三字于一句之中，非此词所独有。杨慎曾举出"夜夜夜深闻子规""日日日斜空醉归""更更更漏月明中""树树树梢啼晓莺"等例句（见《词品》），虽也叠得稳妥，但都不及"庭院深深深几许"之自然高超。在这里用叠字来强调庭院之深邃与词所要表达的主题是完全密合的。庭院之深，亦即闺阁之深，封建时代妇女受礼教束缚，深居幽闺，与外界隔绝，不能过问丈夫行为的不平等地位被写出来了。所以它又可视作妇女内心苦闷之深的象征。

庭院之深是通过杨柳之多来表现的。柳如堆堆青烟，形成无数帘幕似的屏幛，所以才更显得楼阁深不可测。在高楼上眺望而不见丈夫游乐之处，也由此。词句间，薄情丈夫的奢华逸乐与独居深闺的女主人公的内心苦闷，形成了鲜明的对比。

下片全为写这位女子的怨恨和悲愁而设，常人难到之处在于词并不静止地说她肝肠寸断，愁怨无穷，心里在想什么，而是仍透过景物环境和人物情态的细节描绘来揭示其内心世界。"雨横风狂三月暮"，是这一时节的天气，也象征自身的不幸遭遇，还表现她面对无情的现实时内心感情的激动和狂乱。她无可奈何，春天留不住，少女的青春年华留不住，往昔的恩爱缠绵和幸福欢乐也过去了，同样没有办法将它留住。"无计"二字，可窥见她向往过幸福生活的愿望是多么强烈。

结尾两句更见精彩，遭风雨摧残的是花，故写到花；而花与人同命，故见花而落泪；泪为怜花惜花而落，也为自怜薄命而落。为什么要遭受如此之不幸呢？这问题无人能够回答，也无人可问，只好去"问花"。"问花"是痴语，也是情语。花当然不能回答。"花不语"从道理上说，似是多余的废话，从感情表达上说，却也是痴情妙语。它不但"不语"，连自身也保不住，一阵风来，就将吹得乱红飞散了——这恐怕也算是一种无言的回答吧！这已是令人悲凄的情景，不料画面上又出现"秋千"这一能勾起她热恋新婚时期欢乐回忆的东西，让它形成一种强烈的今昔对照。仿佛只是信手拈来，却调动了震撼心灵的"艺术打击力"，完成了全篇的最后一笔，真可谓是神来之笔。

柳永 三首

柳永（987？—1053？）：初名三变，字耆（qí）卿，崇安（今属福建）人。仁宗景祐元年（1034）进士，官至屯田员外郎，世称柳屯田。排行第七，称柳七。一生潦倒落拓，放纵酒楼妓馆间。为大量创作慢词的第一人，创调也颇多。词多写都市风情、歌妓生活和羁旅行役，流传很广，有"凡有井水处，即能歌柳词"之说。有《乐章集》。

望 海 潮

东南形胜①，三吴都会②，钱塘自古繁华③。烟柳画桥，风帘翠幕，参差十万人家④。云树绕堤沙，怒涛卷霜雪，天堑无涯⑤。市列珠玑⑥，户盈罗绮，竞豪奢。　　重湖叠巘清嘉⑦，有三秋桂子，十里荷花。羌管弄晴，菱歌泛夜，嬉嬉钓叟莲娃。千骑拥高牙⑧，乘醉听箫鼓，吟赏烟霞⑨。异日图将好景⑩，归去凤池夸⑪。

【注释】

①形胜：地理形势重要，交通便利之地。

②三吴：旧以吴兴、吴郡、会稽为三吴，也即长江下游地区。

③钱塘：即杭州。

④参差：差不多，大约。 十万人家：这还是杭州在北宋前期的规模，到徽宗崇宁时已有二十余万户。

⑤天堑：旧称长江为天堑，此指钱塘江。

⑥珠玑：圆的称"珠"，有边角的称"玑"。

⑦重湖：西湖被白堤分为里湖外湖，故称重湖。 巘（yǎn）：山峰，山顶。

⑧高牙：军前的大旗，竿上以象牙为饰，称牙旗，是主将的旗帜。这里指两浙转运使孙何，柳永这首词就是写给他的。

⑨烟霞：指代风景。

⑩图将：画成。将，语助词。

⑪凤池：魏晋时称中书省为凤凰池，这里指朝廷。

【译文】

东南地势重要、交通便利的地区、从前吴国三郡的都会——杭州，它自古以来就十分繁华。这儿有如烟的杨柳、彩绘过的桥，风吹动帘子、帷幕青青，差不多居住着十万户人家。高高的树围绕着堤岸的沙滩，怒吼着的江涛卷起霜雪似的浪花，钱塘江天堑广阔无边。市街上罗列着各种珠宝，家室里满是五色丝绸，人们都争比谁更阔气。

西湖分成里外，青山重重叠叠，风光真是清秀美丽。又有三秋桂花、十里风荷，晴天时羌笛之声悠扬，到夜间菱歌从水上传来，钓鱼的老翁和采莲的姑娘都笑逐颜开。千余骑随从簇拥着主将的大旗，您在沉醉中倾听着箫鼓的奏乐，吟咏、观赏着这山水烟霞。再找一个日子把这些美景都请人画下来，可带回到朝廷去夸说一番。

扩展阅读

孙何帅钱塘，柳耆卿作《望海潮》词赠之云："东南形胜"云云。此词流播，金主亮闻歌[①]，欣然有慕于"三秋桂子，十里荷花"，遂起投鞭渡江之志[②]。近时谢处厚诗云："谁把杭州曲子讴？荷花十里桂三秋。那知卉木无情物，牵动长江万里愁！"余谓此词虽牵动长江之愁，然卒为金主送死之媒，未足恨也。至于荷艳桂香，妆点湖山之清丽，使士大夫流连于歌舞嬉游之乐，遂忘中原，是则深可恨耳！（罗大经《鹤林玉露》）

【注释】

①金主亮：金废帝完颜亮（1122—1161），曾被废降为海陵庶人。1149—1161年在位，称帝后迁都燕京，改燕京为中都。其末年，领兵大举攻宋，欲渡长江，在采石矶为宋军所败，东至瓜洲为哗变的金军部将所杀。

②投鞭：喻士兵众多，兵力强大。前秦苻坚进攻东晋，骄傲地说："以吾之众旅，投鞭于江，足断其流。"

【译文】

　　孙何统领杭州时，柳永作《望海潮》词相赠说："东南形胜……"等等。这词流传开来，金国首脑完颜亮听到这支曲，很高兴地羡慕"三秋桂子，十里荷花"的胜境，便产生了要领大军渡过长江去的心意。近来谢处厚的诗就说："谁把杭州曲子讴？荷花十里桂三秋。那知卉木无情物，牵动长江万里愁！"我以为这词虽牵动长江之愁，但终究还是成了完颜亮送死的媒介，并不值得恨。至于荷花娇艳，桂子飘香，妆点着湖山的清丽，使士大夫们流连于歌舞游乐之中，而忘掉了恢复中原，这才是最可恨的啊！

点 评

　　这首词是柳永早年之作。据《宋史·孙何传》记载，孙何死于真宗景德元年（1004），从柳永未能确知、只是大致估计的生年来推断，这首词应作于他二十来岁或更早。词之所以广为流传，不知是否也与他小小年纪却能精通音律、擅长制词有关。金主完颜亮听唱此词而萌生南渡念头（当然金侵宋自有政治原因），也并非出于好事者凭空编造；除罗大经《鹤林玉露》所述外，宋人徐梦莘所编大书《三朝北盟会编》中就有更详实的载录。当时，完颜亮还因此赋诗，扬言要"提兵十万西湖上，立马吴山第一峰"呢。闻曲侵宋事是发生在此词创作的一个半世纪之后，从这一点看，其影响力真不可小视。至今不但杭州满觉陇的桂花、西湖的"曲院风荷"仍闻名遐迩，就连走在灵隐等景区，也很容易就能见到隐括着"三秋桂子，十里荷花"词句的楹联。

　　这首词的内容比较简单，就是歌咏杭州的繁华和西湖的美丽；可归结为三个字，即"钱塘好"。最后五句是讨好赠词对象孙何的谀辞；虽说是无谓的应酬俗套，但这不奇怪，在封建时代，诗人词家几乎都可能有类似的情况，就连李杜也免不了。可注意的倒是柳永这样写时，仍丝毫没有脱离词的主题。

词的艺术表现上是用其他词作中很少见的铺陈写法。从钱塘形势之胜、都市之盛、钱江之壮阔、士民之殷实，到下片特写西子湖湖光山色之美丽和它带给人们的愉悦之情，可谓面面俱到。老友吴熊和兄说得好：此词若用白居易《忆江南》之类小令一首一事来写，就非得有好几首连成一组不可，所以可以说它是用词体写的杭州赋。

雨 霖 铃

寒蝉凄切，对长亭晚^①，骤雨初歇。都门帐饮无绪^②，留恋处^③、兰舟催发^④。执手相看泪眼，竟无语凝噎。念去去、千里烟波，暮霭沉沉楚天阔^⑤。　　多情自古伤离别，更那堪、冷落清秋节！今宵酒醒何处？杨柳岸、晓风残月。此去经年，应是良辰好景虚设。便纵有千种风情^⑥，更与何人说？

【注释】

①长亭：古代设在大路旁的亭舍，十里一长亭，五里一短亭，供行人歇息。

②都门帐饮：在京城门外设帐饯行饮酒。　无绪：没有心情。

③处：时，不是"地方"。

④兰舟：木兰舟，泛指船。

⑤楚天：古时长江中下游一带属楚国，故指其天空为楚天。

⑥风情：意趣，包括男女恋情在内的风花雪月之情。

【译文】

秋蝉不住地叫，声音凄凉。面对着长亭时，已临近傍晚，一场急骤的雨才刚刚停止。在京城门外，设帐饯行，喝着酒也毫无情绪。正留恋不舍时，船工又催人快上船，要出发了。我们紧紧地握住对方的手，两双泪汪汪的眼睛彼此相看，竟气噎喉塞，说不出一句话来。心里只想着这一去，将随千里烟波，越离越远了。晚间的云气烟雾已渐浓重，而楚地的天空是多么寥廓啊！

多情的人自古以来总为离别而悲伤，哪能再碰上如此冷落的清秋季节呢？今天夜里，待酒醒时将身在何处？大概是杨柳岸边，只有拂晓的风和西斜的月作伴了吧。这次离去，总得一年以上，这期间一切良辰美景都该是白白存在了。即使我有千万种意趣柔情，可又能对谁去说呢？

扩展阅读

　　东坡在玉堂日①，有幕士善歌，因问："我词何如柳七？"对曰："柳郎中词，只合十七八女郎，执红牙板，歌'杨柳岸、晓风残月'；学士词，须关西大汉②，铜琵琶、铁绰板③，唱'大江东去'④。"东坡为之绝倒。（俞文豹《吹剑录》）

【注释】

①玉堂：宋时称翰林院为玉堂，苏轼在哲宗即位后，曾为翰林学士。

②关西：函谷关以西，指甘肃、陕西一带。古有"关西出将，关东出相"的谚语。

③铁绰板：以铁制的手板，乐器；今用竹板击打。绰，用手抓，如绰枪。

④大江东去：苏轼《念奴娇·赤壁怀古》词的首句（见后），此后亦以其为词调名。

点　评

　　这首感伤离别的词，是柳永最负盛名之作，历来词家纷纷评论赞誉不绝，从其高超的艺术表现来看，应当之无愧。

　　头三句先写离别的环境，只用十二个字，秋天的季节，傍晚的时刻，送别的地点，以及满耳蝉噪、雨后清冷的气氛，一一都写到了。令人仿佛能感受到即将离别者此时此刻阵阵袭来的揪心的痛苦。然后写到人，此时心绪已乱，再也喝不下酒去了。饯行在"都门"外，可知是离开繁华的京师，后面提到"楚天"，则知去往遥远的南方。"留恋"不已，船工"催发"，时间飞逝，多少话想说没有来得及说。分手的时刻到了，镜头转为人物表情动作的特写，在摄下一刹那间的生死离别的悲哀情景后，镜头也就此停住。"念去去"几句是瞻望前程时内心活动的补充描述。"暮霭"照应前"长亭晚",同时渲染了前途茫茫的凄然心情。

下片将叙事换成抒情,将自己内心活动层层揭示出来。先用一句带普遍性的话过片:"多情自古伤离别",言下之意,我亦多情人,自不能例外。然后用"更那堪"推进一步说,何况适逢悲秋之时呢。先开后合,从前人说到自身。"冷落"是环境,草木摇落季节;也是人事,独自飘泊于千里之外,所以此情更不堪忍受。柳永不满足于此,更对"冷落"境况发挥其想象,以增艺术感染力度。于是写出全篇最精彩的句子:"今宵酒醒何处?杨柳岸、晓风残月。"这是自白,是预测,是将想象中浮现的虚景加以实写。尽管"帐饮无绪",但为了减轻痛苦,麻醉自己,大概酒还灌下去不少。晕晕乎乎地上了船,待到酒醒人觉,早已身在野外荒郊,舱外残夜将尽,岸上晓风衰柳,天边落月西斜。那时的情状实在是不敢再想了。

最后四句,又比预料"今宵酒醒"推想得更远,想到这次去不会少于一年,其间也必会碰上"良辰好景",但那又有何用?哪怕风光再好,情趣再多,没有亲爱的知心人可以诉说,还不是形同"虚设",全失去了意义?他俩往日在一起,曾经是如何的相亲相爱,又有多少共度良辰、同赏好景的幸福时刻,这些也可以从中体会出来。如此抒情,既通俗流畅,又深挚真切。柳永词在当时广受欢迎,以至"凡有井水处,即能歌柳词"(叶梦得《避暑录话》),实非偶然。

八声甘州

对潇潇暮雨洒江天，一番洗清秋。渐霜风凄紧，关河冷落，残照当楼。是处红衰翠减^①，苒苒物华休^②。惟有长江水，无语东流。　　不忍登高临远，望故乡渺邈^③，归思难收。叹年来踪迹，何事苦淹留^④？想佳人妆楼凝望，误几回天际识归舟^⑤？争知我、倚阑干处^⑥，正恁凝愁^⑦？

【注释】

①红衰翠减：花谢叶稀。

②苒（rǎn）苒：茂盛的样子。　物华：指花木等美好的自然景物。

③渺邈：遥远。

④淹留：久留。

⑤天际识归舟：谢朓《之宣城郡出新林浦向板桥》诗："天际识归舟，云中辨江树。"识，辨认之意。

⑥争：同"怎"。　阑干：同"栏杆"。

⑦恁（rèn）：如此。　凝愁：愁之难解，深愁。

【译文】

面对着傍晚时的一场阵雨，我看它从江上的天空哗哗地洒落，经这番洗涤，秋天变得格外清澈澄净了。逐渐地寒风越来越凄厉，关山江河都更加冷落，一轮气息奄奄的落日，又恰好正对着我的楼头。无论走到哪里，花儿早已凋谢枯萎，绿叶也大大地减少，原来很茂盛的美好的自然景物都将完结了。只有长江水，默默无语地只管向东流去。

我不忍心登上高处去面对远方，望一望故乡，它是那么遥远而不知何在，我想要归去的心思实在难以抑制啊！可叹我这一年来，总是到处浪游、漂泊，为什么还偏要苦苦地久留在外不归呢？我想我那亲爱的美人儿，一定在梳妆楼头凝神地盼望，希望能从天边江上辨认出哪一条船是她心上人坐着回家来的，可结果又不知弄错了多少回。她又哪里会想到我也在这儿倚着栏杆，正这样地愁绪难解呢？

扩展阅读

东坡云：世言柳耆卿曲俗，非也。如《八声甘州》云："霜风凄紧，关河冷落，残照当楼。"此语于诗句不减唐人高处。（赵令畤《侯鲭录》）

【译文】

苏东坡说：人们都说柳耆卿的曲子词俗，这话不对。像《八声甘州》说："霜风凄紧，关河冷落，残照当楼。"这些词句就与诗句相比，也一点不逊色于唐人高明处。

点 评

这一首也是柳永的代表作。《八声甘州》词牌，本重声调节拍，多用领字，如上片之"对""渐"、下片之"叹""想"，连贯两三句，酣畅淋漓，极有气势。起手十三字，便似九天银河一时洒向胸怀，令人兴叹。词以写时雨发端的不少，而具此气象者，则甚少见。说"暮雨"和"一番"，知是傍晚阵雨；用"潇潇"和"洒"，可见雨势不弱；雨来得急骤而持续时间不长，雨过天晴，经此一番洗涤，更显出宇内秋气清爽明澄。高楼临江（"江天"），作者凭栏（"对"），也都已暗含其中。常言"一雨成秋"，以下三句便由"清"而转为凄凉冷落。"渐"字地位突出，是动态的，能写出景象的变化趋向和给人的感受在不断增强。上片前半声调高亢，境界阔大，气象非凡；后半几句则婉转悱恻。说"长江水"，孔子叹"不舍昼夜"，谢朓说"大江流日夜"，柳永为什么不说"日夜东流"而说"无语东流"呢？江水本就不会说话，这样说岂非废话？然而这里下"无语"二字自好，其意境之妙，绝非"日夜"所能替代。词人见草木摇落而变衰，想到人生亦如此，难遏悲感，正欲一问眼前之江水，然"花自飘零水自流"，流水无情，始终漠然无动于衷，不管草木荣枯与人间悲欢，所以用了"无语"，主观心态通过对客观景物的诗的特殊语言表达，得到了准确的反映。

上片既全是写景，下片就都用于抒情。先以"不忍"三句作必要的交待，其作用是：一、补明上片所写种种景物，乃于登高望远时所见；二、点出望故乡、思归主题；三、总写心情，先笼统地说，以下才细诉。词人自悔自责漂泊在外，久留不归，由此引出他思念的主要对象——"佳人"。思念家中爱妻，却从反面落笔，写她"妆楼凝望，误几回天际识归舟"情景。这与杜甫《月夜》诗"今夜鄜州月，闺中只独看。遥怜小儿女，未解忆长安"同一机杼。这不是单纯的表现手法问题，也是感情的真实流露。因为思念深切，所以才心往彼方驰去，诗从对面飞来。词的结尾也有意思：词人自己凭栏发愁，居然也从妻子心态中倒映出来，说她一定不会想到（"争知我"）。难怪梁启超要说："飞卿（温庭筠）词：'照花前后镜，花面交相映。'此词境颇似之。"（《艺蘅馆词选》）所谓"此词境"，指的就是从"想佳人"到篇末的这几句。幻境与实境交相辉映，从我心中看出你来，又从你心中看出我来。这是此词中最有艺术魅力的地方。

王安石 一首

王安石（1021—1086）：字介甫，晚号半山老人，临川（今江西抚州）人。仁宗庆历二年（1042）进士。神宗时拜相。实行新法，裁抑豪强，为守旧派所抵制。晚年退居江宁（今江苏南京），封荆国公，谥文。他是中国古代著名的政治改革家，诗文创作成就很高，词作不多，风格高峻。有《临川集》。

桂枝香①

登临送目。正故国晚秋②，天气初肃。千里澄江似练③，翠峰如簇④。归帆去棹残阳里，背西风、酒旗斜矗。彩舟云淡，星河鹭起⑤，画图难足。　　念往昔、繁华竞逐；叹门外楼头，悲恨相续⑥。千古凭高，对此谩嗟荣辱⑦。六朝旧事随流水⑧，但寒烟、衰草凝绿。至今商女，时时犹唱，后庭遗曲⑨。

【注释】

①桂枝香：黄升《唐宋诸贤绝妙词选》词牌之下有题"金陵怀古"四字，今选本多从之；其实是后人据词意所增，非作者命题。

②故国：故都，金陵是六朝和南唐的都城。

③澄江似练：谢朓《晚登三山还望京邑》诗："余霞散成绮，澄江静如练。"

④簇：簇聚。

⑤"彩舟"二句：写长江倒影景象。星河，银河。

⑥"叹门外"二句：杜牧《台城曲》："门外韩擒虎，楼头张丽华。"写陈为隋灭。韩擒虎，隋将。张丽华，后主陈叔宝宠妃。韩率兵破朱雀门攻入金陵时，后主及妃子尚在结绮阁的楼上赋诗作乐。

⑦嗟（jiē）：表示感叹。

⑧六朝：建都于金陵的东吴、东晋、宋、齐、梁、陈。

⑨"至今"三句：杜牧《泊秦淮》诗："商女不知亡国恨，隔江犹唱后庭花。"商女，卖唱的歌女。后庭遗曲，指陈叔宝的《玉树后庭花》，其曲靡靡哀怨，人称亡国之音。

【译文】

　　登高临远，纵目眺望。正值古老的都城深秋季节，天气开始变得肃杀清冷。蜿蜒千里的澄澈的长江水，望去如一匹长长的白绢；远处苍翠的山峰，簇聚成堆。来来往往扬帆打桨的船只，都被笼罩在夕阳的返照之中；西风吹动着斜插的酒旗。彩绘的舟船行驶在映着淡淡白云的江上；闪光的水面如银河平铺，一群白鹭上下翻飞，风景之美妙，用图画也难以表现。

　　想起从前，这里有多少人曾追逐过奢侈淫逸的生活；可叹他们结果像陈朝被隋军所灭那样，相继都得到悲痛悔恨的下场。千百年来，站在这高处的人们，对此江山，徒然地发出人世间几多兴衰荣辱的慨叹。六朝的陈迹已随着流水逝去了，只有寒烟衰草依旧呈现出一片绿色。到如今，你还可以听到，那些以卖唱为生的歌女们，她们仍不时地唱着《玉树后庭花》那首招致亡国的歌曲呢。

扩展阅读

金陵怀古，诸公寄调《桂枝香》者三十余家，惟王介甫为绝唱。东坡见之，叹曰："此老乃野狐精①也！"（王弈清等《历代词话》引《古今词话》）

【注释】
①野狐精：对极聪明、极有本领者的谑称。

当时以金陵怀古作为题材，用《桂枝香》词调来写的词家有三十多位，只有王介甫写得妙到绝顶。苏东坡看了后，赞叹说："这位老先生真是野狐精变的啊！"

点 评

王安石的文与诗，在北宋都是顶尖的；词少，影响也不如诗文。像后来李清照这样的大词家，居然说好像不知道王安石有词。她说："介甫文章似西汉，然以作歌词，则人必绝倒。"招致梁启超举这首《桂枝香》来反驳，说"但此词却颉颃（xié háng，不相上下）清真（周邦彦）、稼轩（辛弃疾），未可谩诋也"（见梁令娴《艺蘅馆词选》）。的确，这是一首出色的作品。怀古题材在此之前的词中并不多见，因而一扫当时绮靡婉弱的词风，使在填词上大胆闯新路的苏轼也佩服不已。

此词结构合乎规矩。上片写登临所见景物，下片兴感，抒吊古情怀。

起叙登高望远之事，只用四字，便转入写景。"故国"，地点正合怀古；"晚秋"，季节也最易兴慨。"天气初肃"，未特意渲染，却能令人想起欧阳修所说的"是谓天地之义气，常以肃杀而为心"（《秋声赋》）的话来；暗示天道无私，一切荣枯兴亡，皆严肃执法。石头城枕大江而建，故望中之景亦以江水为主。描绘千里长江，用小谢名句，时、地、景正好切合。有"残阳"返照，水看去才是白洋洋的，所谓"日落江湖白，潮来天地青"是也。配以"翠峰如簇"，一幅图画的框架主体已经完成。再点缀江面船只、岸上酒旗，以"背""斜矗"写"西风"中"酒旗"，真善于形容。风从西来，旗往东飘，故用"背"；悬旗之杆，多缚于立柱或树桠，加之风力，总是倾"斜"的。"彩舟"二句，更作精描。烟霏云淡，船如天上坐；波轻光闪，鹭似银河起。颇有人间天堂气象，故接以"画图难足"。

　　下片怀古兴感，是抒情，以"念往昔"领起，从六朝的金粉繁华和终至亡国的悲恨两方面说。举陈叔宝、张丽华事为史鉴，却只用"门外楼头"四字隐括唐诗意，简洁精警，兴衰荣枯形成明显对比。"叹"字表现了凭吊者的思想倾向。然后从时间上延伸扩展，以见千古同慨。"谩嗟"，说感叹也是徒然，因为往者不可谏，"旧事随流水"，逝者已矣。"六朝"是怀古所想到的，于此点醒。最后再隐括唐诗作结，技巧极其高明。与"门外楼头"一样，"商女"唱曲，用的也是杜牧的诗，都是写金陵的，又都是说陈被隋灭事，章法极严密。杜牧诗中"不知亡国恨""隔江"等字样，被王安石隐去了，这是一种含蓄的修辞方法。王安石恰恰有着与杜牧相似的忧患在，同时也巧妙地把全词景物的主体——长江，通过不点而点的手法照应到了。东坡心折此词，不是偶然的。

晏几道 一首

晏几道（1030？—1106？）：字叔原，号小山，临川（今属江西）人。晏殊第七子。聪明过人，真率无忌，不与世苟合，故有碍仕途，只做过一些闲杂佐职，晚年贫困。词工于言情，哀怨感伤，可作北宋婉约风格的代表。与其父并称"二晏"，有《小山词》。

鹧 鸪 天

彩袖殷勤捧玉钟①，当年拚却醉颜红②。舞低杨柳楼心月，歌尽桃花扇底风③。　　从别后，忆相逢，几回魂梦与君同。今宵賸把银釭照④，犹恐相逢是梦中。

【注释】
①彩袖：指着彩袖衣的歌女。玉钟：玉杯。
②拚（pàn）却：甘愿之词，犹今言豁出去了。
③桃花扇：画有桃花的歌扇。歌者手执，作掩口弄姿之用。
④賸（shèng）：同"剩"，尽管。　银釭（gāng）：银灯，泛指灯烛。

【译文】

　　当年，你撩起彩袖，手捧玉杯，殷勤地向我劝酒；我甘愿让醉脸通红，喝了一杯又一杯。你翩翩起舞，直跳到杨柳掩映的楼台上月儿西沉；你宛转歌唱，直唱到画着桃花的歌扇已无力摇动。

　　自从分别以来，我一直在回想着我们相逢的时刻；有多少次，我都梦见与你在一起，你大概也如此吧。今晚见到你，我尽管手执灯台将你照了又照，还只怕我们这次的相逢是在梦中呢。

晏叔原工于小词。"舞低杨柳楼心月，歌尽桃花扇底风。"不愧六朝宫掖体①。（胡仔《苕溪渔隐丛话》引《雪浪斋日记》）

【注释】

①六朝宫掖体：实指南朝梁代宫廷中兴盛起来的、以梁简文帝萧纲为首所写的诗歌，简称"宫体"。诗作大都描绘闺情声色，风格绮靡艳丽，是当时统治阶层淫逸生活的反映。

✿ 点 评 ✿

这首脍炙人口的爱情词是晏几道的代表作。写他与一位有恋情的歌女久别重逢的喜悦。

上片回忆从前在宴席上与歌女相聚的欢乐情景。写昔日之欢，在离别词中往往用以对照今日的孤凄；而此词却是一种铺垫，是重逢喜悦的依据，为今写昔，能增进理解喜悦之情。"彩袖"是对歌舞妓身份的暗示；"殷勤捧玉钟"是说她热情劝饮，以见对自己的特殊情意。"当年"句，点清是回忆，从"拚却醉颜红"补明。"拚却"二字鲜活，极有表现力。虽写自己心态，却为对方着色，说她有不可抗拒的魅力，自己才豁出去不计喝多少，甘愿让醉脸通红。下两句就写她尽其所能为客献艺；也反射出与宴者兴致之高。"舞低"二句，历来评说颇多，如晁补之称其"不蹈袭人语，风度闲雅，自是一家"，以为仅此二句"知此人必不生于三家村中者"（《侯鲭录》）；黄蓼园则以为"比白香山'笙歌归院落，灯火下楼台'，更觉浓至"（《蓼园词选》）；如此等等。我以为它还汲取了唐人七律对仗的成功经验，颇能从遣词构句上见出锤炼功夫。

下片分两层，先写别后之苦思，是陪衬；后写重逢之惊喜，是主体。"几回魂梦与君同",又可包含两层意思:"同",既是"在一起",又是"相同"。梦能相同,自然是推想之词,但完全合乎情理;女方如何,可意料而得之,比单说自己更体贴、深挚。此处说"魂梦",固表示往昔情景别后常魂系梦萦,更为结句"犹恐相逢是梦中"预先布局,文心极为细密。最后归到"今宵",重逢之惊喜,俨然如见。这两句当然可以说是出之于杜甫《羌村》诗"夜阑更秉烛,相对如梦寐"。但读来并不觉有因袭之嫌,反而更见其词情婉丽,言同己出。这有个道理,一来意外惊喜,疑为做梦,是人之常情,谁都可以说,故戴叔伦有"翻疑梦里逢"、司空曙有"乍见翻疑梦"之句;二来在表述上杜诗晏词各有特色,互不相犯,也不能彼此调换。刘体仁说,"此诗与词之分疆也"(《七颂堂词绎》),就说得颇有见地。加了"剩把""犹恐",自是词,不是诗。词比诗就更曲折深婉了,正宜写情人之意外相会,而非患难夫妻乱离中的重逢。后来陈师道有《示三子》诗,写他与子女们的相见说:"喜极不得语,泪尽方一哂。了知不是梦,忽忽心未稳。"这又是情景相仿而在用语上翻老杜小晏的案了,但也同样真切深挚。

苏轼 六首

苏轼（1037—1101）：字子瞻，自号东坡居士，眉山（今属四川）人。仁宗嘉祐二年（1057）进士，历通判杭州，知密州、徐州、湖州。因"乌台诗案"贬黄州团练副使。哲宗即位，除翰林学士，知登州、杭州，一度召为端明殿学士、礼部尚书，复出知颍州。绍圣初，坐讪谤先朝，贬惠州、儋州。徽宗立，赦还，卒于常州。是我国古代少有的文学天才，诗、文、书、画都取得极高成就。词以豪放雄奇风格见长，开拓了词的境界，成为北宋词中豪放派代表。有《东坡乐府》。

念 奴 娇

赤 壁 怀 古①

大江东去，浪淘尽、千古风流人物。故垒西边，人道是、三国周郎赤壁②。乱石穿空③，惊涛拍岸④，卷起千堆雪⑤。江山如画，一时多少豪杰！　　遥想公瑾当年，小乔初嫁了⑥，雄姿英发。羽扇纶巾⑦，谈笑间、樯橹灰飞烟灭⑧。故国神游，多情应笑我，早生华发。人间如梦，一尊还酹江月^⑨。

【注释】

①赤壁：苏轼所游为黄州赤壁，一名赤鼻矶，非周瑜破曹操的赤壁（在湖北蒲圻县北），因地名偶同而起怀古之思。

②周郎：周瑜，字公瑾。他为中郎将时仅二十四岁，人称周郎。赤壁之战时为吴军都督，三十四岁。

③穿空：一本作"崩云"。

④拍岸：一本作"裂岸"，又作"掠岸"。

⑤雪：喻浪花。

⑥小乔初嫁了：汉末乔玄有二女，大乔嫁孙策，小乔嫁周瑜。小乔出嫁在建安三年，是赤壁之战十年前事。这里说"初嫁"，为写周瑜年轻英俊。

⑦羽扇纶（guān）巾：写周瑜不着戎装只以便服临战指挥的儒将风度。纶巾，青丝带的头巾。

⑧樯橹：指曹军的舰船。一本作"强虏"，又作"狂虏"。

⑨尊：同"樽"，酒杯。 酹（lèi）：洒酒于地，以祭奠鬼神。

【译文】

　　大江向东流去，波浪将自古以来的风流人物都淘汰尽了。在旧时营垒的西边，人们都说那就是三国时让周郎英名大振的赤壁。只见乱石嶙峋的崖壁直插天空，惊心动魄的狂涛拍打着堤岸，水面上卷起了千万堆雪花。江山美丽如画，这儿一时之间曾集中了多少英雄豪杰啊！

　　想那遥远时代的周公瑾，当年小乔才嫁给他不久，他是何等的英姿飒爽、精神焕发啊！他不穿军服指挥战斗，只是轻轻松松地手摇羽毛扇，头戴青丝巾，就在跟人说说笑笑之间，曹操百万大军的战舰，都在冲天而起的烈焰中灰飞烟灭了。我神游于故国旧地，大家该笑我太多情善感而白发早生了吧！人间之事都如梦幻，我面对长江明月，洒酒于地来祭奠那冥冥之中的英灵。

扩展阅读

　　《后山诗话》谓①："退之以文为诗②，子瞻以诗为词，如教坊雷大使之舞③，虽极天下之工，要非本色。"余谓后山之言过矣。子瞻佳词最多，其间杰出者，如"大江东去，浪淘尽千古风流人物"赤壁词，"明月几时有？把酒问青天"中秋词……凡此十余词，皆绝去笔墨畦径间④，直造古人不到处⑤，真可使人一唱而三叹。（胡仔《苕溪渔隐丛话》）

【注释】

　①《后山诗话》：北宋陈师道撰，他字履常，一字无己，号后
　　　山居士。著名诗人，为江西诗派重要作家。
　②退之：唐韩愈，字退之。唐诗到他，把诗引向新的发展方

向，人称他"以文为诗"。

③教坊雷大使：教坊，专管音乐、舞蹈、百戏的官署，有教坊使。雷大使是男性，当时舞者是女子，故有非本色之言。

④畦径：田间小路，比喻常规，多指学艺方面。

⑤造：往；到。

【译文】

　　《后山诗话》说："韩退之用写文章的方法写诗，苏子瞻用写诗的方法写词，这就像教坊中雷大使跳舞，虽然舞蹈技艺天下数他最高，但总不是本色。"我说，陈后山这话说过了头。子瞻绝妙的词最多，其中突出的如"大江东去，浪淘尽千古风流人物"的赤壁词，"明月几时有？把酒问青天"的中秋词……这十几首词，都完全脱离了笔墨的常规，简直到了古人不能到达的境地，真可以使人一唱而三叹啊！

点　评

　　苏轼因做诗讥刺新法推行过程中的弊端，得罪朝廷，被捕入狱（即所谓"乌台诗案"，御史台称乌台），险遭不测，继而贬为黄州团练副使（管地方军事的助理官）。此词正是他谪居黄州（今湖北黄冈）期间作的。时为宋神宗元丰五年（1082）七月，苏轼已四十七岁。

　　词上片以吟咏赤壁为主。开头三句，豪迈壮阔，把江山、历史、千古风流人物尽收笔底，以此引出三国时最著名的大战役来，直入"赤壁怀古"题意。苏轼博学多才，岂能不知历史上真实的赤壁之战或非其地，那不过是地名偶同、正可借题发挥而已。故用了疑似之词："人道是。"言"赤壁"而特称"周郎"，固然是因为这场大仗他的功绩最大、英名最著，也为下片专咏周瑜预先作引。"乱石"三句，描绘赤壁的景物，词中必不可少。写得雄奇险峻，气象万千。但这只是为营造当年鏖战的激烈气氛和慑人声势而特意绘制的环境背景，只是艺术夸张，实际情况并非如此。这一点，范成大《吴船录》已指出说："赤壁，小赤土山也。未见所谓'乱石穿空'及'蒙茸巉岩'之境，东坡词赋微夸焉。"上片歇拍两句，由景转到人，"一时多少豪杰"也是非点到不可的。毕竟这场热闹的历史大戏，并非只是"周郎"的独脚戏，而是两方三国力量的一次大比拼、大较量，曹操、孙权、黄盖、诸葛亮、刘、关、张等，又岂是等闲之辈，有"多少"二字，全都包括在内了，同时语气上又表达出心中的无限感慨。

下片除末了自抒情怀外，专咏周瑜。其中"小乔初嫁了"五字，是最能代表东坡幽默机智的个性化语言，话虽说得有点言过其实，但此种嬉笑谈吐，能谐趣横生的本领，实在无人能及。接着两句写他在大战进行之中指挥若定的神态，同时也把火烧赤壁事件及其结局，都交待完了。作者这种举重若轻的叙事手段，恰好与所述周瑜在轻松谈笑间大败曹军的情景完全协调一致，所以很有艺术表现力。大概是受到《三国演义》描写和京剧舞台服饰的影响，有人以为"羽扇纶巾"是指诸葛亮，这完全是误会。其实，那不过是写当时儒将闲雅的装束，表现周瑜在这场大战中从容指挥、谈笑风生的潇洒风度，当然与我们戏台上所见头插雉鸡毛的周大都督形象不同。试想，下片在周公瑾刚刚亮过相后，没头没脑地突然变出个诸葛亮来，词哪有这样写法的？唐宋人吟咏这个题材，只说"三国周郎赤壁"，未闻说"诸葛周郎赤壁"的，这只要看看杜牧《赤壁》诗"东风不与周郎便，铜雀春深锁二乔"也就知道了。东坡以三十几岁的周瑜即能成就如此辉煌的英雄业绩，来对照年近半百的自己，历尽磨难，只在黄州做一个芝麻小官，这才生出末了的感慨。自愧和感伤是免不了的，"人间如梦"之叹，也有一点消极成分，但这一切仍不掩其面对壮丽江山、缅怀千古英才所激起的奋发进取情怀和全词雄伟豪迈气派。对于苏轼之前以婉约风格为主流的传统词坛来说，这首"大江东去"词是题材和境界上的一次重大突破，其影响之深远，也非趋向保守观点的词论的讥贬所能阻抑。

水调歌头

丙辰中秋①，欢饮达旦，大醉，作此篇，兼怀子由②。

明月几时有，把酒问青天③。不知天上宫阙，今夕是何年。我欲乘风归去，惟恐琼楼玉宇④，高处不胜寒。起舞弄清影，何似在人间。　　转朱阁，低绮户⑤，照无眠。不应有恨，何事长向别时圆？人有悲欢离合，月有阴晴圆缺，此事古难全。但愿人长久，千里共婵娟⑥。

【注释】
①丙辰：宋神宗熙宁九年（1076）。
②子由：苏轼的弟弟苏辙，字子由。
③"明月"二句：李白《把酒问月》诗："青天有月来几时？我今停杯一问之。"
④琼楼玉宇：美玉建成的楼台屋宇，指传说月中的广寒宫。
⑤绮户：闺阁绣户。
⑥千里共婵娟：谢庄《月赋》："隔千里兮共明月。"婵娟，美好的样子，美好的东西，此指月亮。

【译文】

明月从什么时候起才有的啊？我拿着酒杯向老天发问。也不知在天上的宫殿城阙里，今天晚上是什么年月了。我本想乘着长风回到那里去，又惟恐在那高处的琼玉楼台太寒冷了。还是让身影随着我翩翩起舞吧，去天上哪能比得上留在人间好呢。

月儿转过红楼，向绣房前低落，照见了失眠的人。月儿啊，你是不应该有恨的，怎么老是与人作对，在人家离别的时候圆起来呢？我想到人总难免有悲欢离合的，正如月有阴晴圆缺一样，这种事自古以来就难以圆满。但愿人能长久健康地活在世上，虽相隔千里彼此也能共同享有这美好的月色。

扩展阅读

中秋词，自东坡《水调歌头》一出，余词尽废。（胡仔《苕溪渔隐丛话》后集）

【译文】
以中秋节为题材的词，自从苏东坡的《水调歌头》一出来，其余的词都失去了存在的价值。

点 评

东坡词名声最大的有两首，一首是《念奴娇》"大江东去"，另一首就是这首《水调歌头》"明月几时有"。两首都豪放，"大江东去"更接近于诗甚至文；此首望月怀人题材，看似词中常有，然究其精神，仍大大突破了以往的传统写法，对后来影响很大。此词在宋元传唱之盛，使《水浒传》也将它写到故事情节中去了（见小说第三十回）。

上片写醉中望月，即题序中"中秋，欢饮达旦，大醉"等语。"几时有""是何年"，如屈原《天问》，都不好回答。人谓"发端从太白仙心脱化，顿成奇逸之笔"（郑文焯《手批东坡乐府》），"直觉有仙风缥缈于毫端"（继昌《左庵词话》）。"我欲乘风归去"，暗暗自比李白那样的"天上谪仙人"，又能写出醉后飘然欲仙的精神状态。虽说幻想中的天上仙境吸引着他出世，但经一番考虑后，仍选择了现实世界。"惟恐"二字调转了笔锋。"琼楼玉宇"虽则豪华奇丽，毕竟过于寂寞寒冷，相比之下，有人情温暖的现实生活更来得亲切。月下起舞，亦太白意象，写出"欢饮"中的逸兴醉态，正为表现人间自有可乐之处，其旷达乐观的人生态度，与下片暗暗沟通。

下片写对月怀人。即题序中所谓"兼怀子由"，又不限于子由。苏轼与苏辙手足情深，自颍州一别，已六年未见，其时苏轼已四十一岁，正知密州，即今山东诸城；弟在济南，虽相隔不远而无缘见面。词写憾恨，却从人间普遍存在的现象落笔，以见离别相思者多多。"转""低""照"三字有序，一字不可易。有人想改"低"为"窥"，以为改后"其词益佳"（见胡仔《苕溪渔隐丛话》前集）。殊不知月轮先"转"后"低"，正扣题序"达旦"二字，最后说"照"，方见思妇彻夜难寐。"不应"两句，以埋怨语气设问，看似无理，却分外有情；自身的遗憾，借同情天下离人的话说出。然后把意思完全转过来，以哲理性的旷达语回答了这一问题，就此劝慰其弟和自宽。由此夜之离人拓展到"人有悲欢离合"，由眼前之满月拓展到"月有阴晴圆缺"，两者互证，得出凡事必有两面，乃自然之定理，正不须憾恨的结论。结尾顺理成章地表示祝愿。月之圆缺，非人能为力者；人之离合，亦有不得已者，惟愉悦心情，保重身体，是自己可为的。只要人在，则情谊在，温暖在，足以补偿其他缺失，即如今夜，纵山水相隔，也能"千里共婵娟"，彼此寄情明月，暗通灵犀，天涯比邻，岂非大好！谢庄之句，经如此化用，益见精妙。现实的乐观的人生态度，上下片一气贯通。

临江仙

夜归临皋①

夜饮东坡醒复醉②，归来仿佛三更。家童鼻息已雷鸣，敲门都不应，倚杖听江声。　　长恨此身非我有③，何时忘却营营④！夜阑风静縠纹平⑤。小舟从此逝，江海寄余生。

【注释】

①夜归临皋：《苏诗总案》：元丰五年（1082）九月"雪堂一夜饮，醉归临皋作《临江仙》词"。元丰三年五月，苏轼自定惠院迁居临皋，五年春于东坡筑雪堂，仍家居临皋。临皋在黄冈县南，临长江。

②东坡：临皋附近的小地名，在黄州东门外，是苏轼"得躬耕其中"的数十亩土地，其名乃效白居易忠州东坡之名而起，并以此作为自己的别号。

③此身非我有：身不由己。语出《庄子·知北游》。

④营营：纷扰貌。指为世俗名利奔忙。

⑤縠（hú）纹：微波，以绉纱纹为喻。

【译文】

夜间，我在东坡雪堂饮酒，喝得醒了又醉，回到家好像已三更时分了。家僮睡得鼾声如雷，我敲门都没有人答应，只好拄着手杖，听那江水的哗哗声。

我常恨自己的身子自己作不了主，什么时候才能完全忘掉为世俗名利而苦苦奔忙呢？夜已残，风停止了，江面平滑，微波不兴。我真想乘一叶小舟，从此远离尘嚣，寄身江海之上，自由自在地度过我的余生啊！

扩展阅读

　　未几，复与数客饮江上①，夜归，江面际天，风露浩然，有当其意，乃作歌辞，所谓"夜阑风静縠纹平。小舟从此逝，江海寄余生"者，与客大歌数过而散。翌日喧传："子瞻夜作此词，挂冠服江边②，拏舟长啸而去矣③。"郡守徐君猷闻之，惊且惧，以为州失罪人，急命驾往谒，则子瞻鼻鼾如雷犹未兴。（叶梦得《避暑录话》）

【注释】

①饮江上：苏轼是在东坡雪堂饮酒，并非"江上"，其归来所至之临皋住所，才在江边，传说恐有失实处，或竟是编造。

②挂冠服：表示辞官归隐。

③拏（ná）舟：这里是解缆乘舟的意思。"拏"是"拿"的异体字。

【译文】

　　不久，他又与几位客人在江上船中饮洒，至夜间回家时，江面与天相接，风露满布江天，这景象令他心有所动，便作曲子词，即所谓"夜阑风静縠纹平。小舟从此逝，江海寄余生"那首，他给客人们唱了好几遍以后，大家才散去。第二天，到处纷纷传说："苏子瞻夜里作了这首词后，便将官帽官服挂在江边，解缆登舟，长啸而去了。"州郡太守徐君猷听到这消息，又吃惊又害怕，以为他负责的州里走失了受朝廷罪罚的人，急忙命令驱车前往察看，而苏子瞻还鼻息雷鸣地睡着，尚未起床呢。

点　评

　　此词作于谪居黄州时期。记一次夜饮雪堂，醉归临皋住所之事和当时的萧索心情。上片记事，下片抒情。

　　东坡不善饮酒，少饮辄醉，何况心情苦闷。"醒复醉"，正写神志已有点迷迷糊糊的状态。他同年所作之《后赤壁赋》有"步自雪堂，将归于临皋……过黄泥之坂"等语，正与此夜"归来"走的是同一条路。到家已是午夜，确切的时间醉中已弄不太清楚了，故曰"仿佛"。下面三句说自己被关在门外，句句都有声音：家僮的"鼻息"声，还如"雷鸣"般地响，自己的"敲门"声和"江声"。由此却写出了深夜的一片寂静。这是运用"鸟鸣山更幽"

式的反衬笔法极为成功的例子。

在"倚杖听江声"之后过片抒情，特别自然而有意境。静夜中，大江边，年已迟暮的大诗人，历经劫难，倚杖伫立，耳中倾听着沙沙的流水声，心已神游着梦幻似的往昔。"长恨此身非我有，何时忘却营营"的感叹，坦诚而真实，能在许多人心灵中激起同情和共鸣。再插一句"夜阑风静縠纹平"景语，既有推移时间和隔开前后情语的作用，又借景寓情，暗示其对宁静生活境界的向往。故接以面对眼前景色表述内心愿望的话作结。"小舟从此逝，江海寄余生"的生活虽潇洒，但并没有现实的可能性，作者心里也很清楚。所以从他的用语上也能感觉到一种浓重的悲凉意味。

定风波

　　三月七日，沙湖道中遇雨^①，雨具先去，同行皆狼狈，余独不觉，已而遂晴，故作此。

　　莫听穿林打叶声，何妨吟啸且徐行。竹杖芒鞋轻胜马，谁怕^②？一蓑烟雨任平生。　　料峭春风吹酒醒，微冷^③，山头斜照却相迎。回首向来萧瑟处，归去，也无风雨也无晴。

【注释】

①沙湖：在黄冈县东南三十里。

②芒鞋：草鞋。　谁怕：怕什么，有何可怕。

③料峭：形容春天的寒意。

【译文】

　　不必去听雨点穿过树林、打在叶子上的声音，尽管吟着诗、吹着口哨，慢吞吞地走好了。竹杖和草鞋比马还轻便呢，有什么可怕的？在漫天烟雨中，披一件蓑衣，任凭风吹雨打的事，我平生经历惯了。

　　风带来春天的寒意，吹得我酒也醒了，身上正微微觉得有点冷，山头的斜阳却已迎面照射过来。我回过头去，看了看刚才遇雨的地方。这趟归程，对我来说实在是既没有风雨，也没有晴啊！

扩展阅读

　　此足征是翁坦荡之怀，任天而动。琢句亦瘦逸，能道眼前景。以曲笔直写胸臆，倚声能事尽之矣[1]。（郑文焯《手批东坡乐府》）

【注释】

①倚声：作词。词是歌词，须依照每一词调表示乐谱的声韵格律来写，所以作词叫"填词"，也叫"倚声"。

【译文】

　　这首词足以看出这位老先生的襟怀，行动顺乎天然。琢磨词句也清瘦飘逸，能说得出眼前的景物。用含蓄的曲笔来直抒胸臆，作词的本领已到头了。

点 评

　　苏轼在黄州时，一天，与友人们从沙湖看田回来，途中遭遇到一场雨，因为雨具事先叫人带回去了，同行者都狼狈不堪，只有苏轼若无其事。一会儿，天就放晴了。他写了这首词，通过对晴雨态度记述，来表现自己对穷达命运不患得患失、任其自然、旷达乐观的襟怀。

上片说遇雨。写自己满不在乎地对待风雨的超然态度，极富表现力。"竹杖芒鞋轻胜马，谁怕?"在怡然自得外，又有几分兀傲。"一蓑烟雨任平生"，将眼前遭遇拓展为平生经历，揭明了所写风雨，又有象征意味。下片说转晴。先只写风，则雨被吹散，不言可知。刚觉微冷，忽已斜照当头。造化弄人如此，可见祸福难凭，不如听其自然。故末句语同佛家参禅，字字机锋：本无风雨，何来晴明? 利害得失，正可一并泯灭。

江 城 子

密 州 出 猎①

老夫聊发少年狂，左牵黄，右擎苍②。锦帽貂裘，千骑卷平冈③。为报倾城随太守④，亲射虎，看孙郎⑤。　　酒酣胸胆尚开张，鬓微霜，又何妨！持节云中，何日遣冯唐⑥？会挽雕弓如满月⑦，西北望，射天狼⑧。

【注释】

①密州：今山东诸城。熙宁八年（1075），苏轼知密州，这首词作于是年冬。

②"左牵"二句：左手牵着黄狗，右手举着苍鹰。《梁书·张充传》：张充年少出猎，"左手臂鹰，右手牵狗"。

③千骑（jì）：指太守的随从，非实数。　平冈：等于说山野。

④倾城：指全城士民，苏轼要他们随同去观猎。

⑤"亲射"二句：看我亲自射虎。孙郎，孙权，曾射虎于庱亭（今江苏丹阳东）；借以自指。

⑥"持节"二句：《汉书·冯唐传》：汉文帝时，云中太守魏尚抗击匈奴有功，但因报功不实，被削职问罪。冯唐力谏不当如此，文帝从之，"令（冯）唐持节赦魏尚，复以为云中守"。节，符节。云中，汉郡名，今山西大同一带。苏轼借此表示希望朝廷能委自己以边任，去边陲立功。

⑦会：当。

⑧天狼：星名。古人用以代表侵掠贪残。这里喻西夏侵
扰者。

【译文】

老夫我姑且学学年轻人的狂态，左手牵着黄狗，右臂擎
着苍鹰，头戴着锦帽，身穿貂皮袍，与大队随从人马一道，
卷席似的奔驰在山野中。为我告知全城的军民，大家都跟着
我太守前去打猎，看我像当年的孙权那样，亲自射虎的身
手吧！

我喝过几杯酒，带着醉意，心气尚豪，胆子也大。虽然
鬓发微微花白，这又有什么关系呢？朝廷不知哪一天会派冯
唐那样的人，手持符节到云中那传达旨意，委我以边防重
任？我当能把雕弓拉得像十五的月亮那样满满的，望着西北
方向，去射下那颗暴虐的天狼星。

近却颇作小词，虽无柳七郎风味[1]，亦自是一家，呵呵！数日前，猎于郊外，所获颇多。作得一阕[2]，令东州壮士抵掌顿足而歌之[3]，吹笛击鼓以为节，颇壮观也。（苏轼《与鲜于子骏书》）

【注释】

①柳七郎：柳永。

②作得一阕：即此《江城子·密州出猎》词。

③抵（zhǐ）掌：鼓掌。

【译文】

近来，我倒也写了好些小词，虽则没有柳永的风味，也还能自成一家，哈哈！几天前，到郊外去打猎，所获猎物颇多。因此写成词一首，命令密州的壮士们拍掌顿脚而唱，吹笛击鼓来伴奏，还相当地壮观呢。

点 评

熙宁八年，苏轼任密州太守，当时刚满四十岁。十月间，他"祭常山回"，与官兵们围猎于密州的铁沟一带，所获甚丰，回来后写下了这首词，又让军士们拍掌顿脚，随笛鼓之声而歌，十分得意。打猎对于苏轼这样的文人来说，虽是一时之豪兴，但这次小试身手却鼓舞了他平素就有的报国立功的信念。此前，西北边境一带屡屡有事，如熙宁三年，西夏大举进攻环州、庆州；四年，又陷抚宁诸城。就在这次出猎数月前，辽主还胁迫宋廷割地七百里。在这种紧张的边防形势下，苏轼才很有信心地表示希望能有机会前赴西北边疆去弯弓杀敌的爱国心愿。

上片记出猎盛况，下片抒请战心愿。写得声势浩大，场面热烈，豪情万丈，顾盼自雄。是东坡乐府中少有的一首壮词。东坡诗词，押韵择字，常能大胆机智，令人耳目一新。此词中"左牵黄，右擎苍"即是。世间事物，其色"黄""苍"者多多，能借以专指鹰犬，全因所写是出猎事，又有"左牵""右擎"字样，才不生歧义，反风趣盎然。词上下片虽所述不同，但遣词造句仍处处照应。如前有"老夫聊发少年狂"，后则言"鬓微霜，又何妨"；前已点出自己是"太守"，后便用冯唐持节宣魏尚仍任云中太守事；射猎必持弓箭，故前用英雄孙仲谋射虎事自比，后则以"挽雕弓""射天狼"来说自己愿立功边陲，抗击西夏之敌。

浣 溪 沙

徐门石潭谢雨①，道上作五首②。潭在城东二十里，常与泗水增减清浊相应③。

簌簌衣巾落枣花④，村南村北响缫车⑤，牛衣古柳卖黄瓜⑥。　　酒困路长惟欲睡，日高人渴漫思茶⑦，敲门试问野人家⑧。

【注释】

①谢雨：谢神降雨。苏轼《起伏龙行》诗序："徐州城东二十里有石潭，父老云与泗水通，增损清浊，相应不差，时有河鱼出焉。元丰元年春旱，或云置虎头潭中，可以致雷雨。"

②五首：苏轼在徐州写的《浣溪沙》共五首为一组词，这是其中的第四首。

③泗水：源出山东，流经徐州入淮河。

④簌簌：枣花落在衣巾上的声音。

⑤缫（sāo）车：抽茧出丝的工具，俗称丝车。

⑥牛衣：用草或麻粗制而成的蓑衣，常覆盖于牛马背上以保暖，故称。

⑦漫：此处作"颇"解。

⑧野人：农民，村野之民。

【译文】

枣花落在衣巾上发出簌簌的声音，村子的南面北头都可听到缫丝车在响，古老的柳树下有披着粗蓑衣的人在卖黄瓜。

酒后颇觉困倦，走在漫长的路上只想能睡上一觉，太阳高照着，口中干渴难耐，真想能有一杯茶喝，我就试着敲响那村民家的门去询问。

扩展阅读

东坡尝以所作小词示无咎、文潜①，曰："何如少游②？"二人皆对云："少游诗似小词，先生小词似诗。"（《苕溪渔隐丛话》前集引《王直方诗话》）

【注释】

①无咎、文潜：晁补之，字无咎；张耒，字文潜，都从苏轼学，与黄庭坚、秦观合称"苏门四学士"。

②少游：秦观，字少游。

苏东坡曾将自己写的小词拿给晁补之、张耒看，问他们："跟秦少游相比，怎么样？"两人都回答说："少游的诗写得像小词，先生的小词写得像诗。"

点 评

这是苏轼的农村词。以农村生活为题材，写入词中，这恐怕在词坛上还是个创举。它对后来陆游、辛弃疾的农村词，都产生过明显的影响。

元丰元年（1078），四十三岁的苏轼任徐州太守。这年春旱，如其《起伏龙行》诗中所说："东方久旱千里赤，三月行人口生土。"所以他曾到城东二十里的石潭去求雨，所幸天降甘霖，缓解了旱情。入夏时，他便再往石潭去谢神，并写了五首《浣溪沙》小词以记行。

苏轼是一位十分爱民而又关心农事的地方官。所以他为官所到处，百姓都感到他很亲切友善，他也总以平等和蔼的态度对待他们。这种彼此较为和谐的关系是他能写好农村词的思想基础。上片客观描述所见所闻，摹写乡间风物如绘，且随着镜头的不断移动，也给人以"道上"行走的感觉，枣花纷纷落，缫车处处响，柳阴下已在叫卖黄瓜，这一切都正合仲夏麦收前的季节特点，也透出一种清新、淳厚的农村生活气息。下片转写主观感觉，自己的行路状况。酒困日高，路长人渴，只想喝茶睡觉。能完全白描地写出人人都曾体验过的感觉，十分真切实在。同时也在小词的叙述中，稍稍增加一点波折，不至于太平直了；这样渡至末句"敲门试问野人家"就顺理成章了。身为地方最高行政长官徐州太守的苏轼，路途中累了渴了，便去敲农家的门，讨口茶喝，找个地方休息一会儿，全然不见官民之间地位高下尊卑的差别，也可见东坡与村民的关系是何等的自然融洽。

秦观 二首

秦观（1049—1100）：字少游，一字太虚，号淮海居士，扬州高邮（今属江苏）人。神宗元丰八年（1085）进士，以苏轼荐，除太学博士、国史院编修官。绍圣初，坐党籍，削秩，贬处州，徙郴州，再徙雷州。徽宗立，放还途中卒于藤州。"苏门四学士"之一。词作以婉约见长，俊逸清丽，自成一家。有《淮海居士长短句》。

满 庭 芳

山抹微云，天粘衰草①，画角声断谯门②。暂驻征棹，聊共引离樽。多少蓬莱旧事，空回首、烟霭纷纷。斜阳外，寒鸦万点，流水绕孤村③。

销魂。当此际，香囊暗解④，罗带轻分。谩赢得、青楼薄幸名存⑤。此去何时见也？襟袖上、空惹啼痕。伤情处，高城望断，灯火已黄昏。

【注释】

① 粘：紧贴着。一本作"连"。

②谯（qiáo）门：即谯楼，城门上的楼，可瞭望。

③"寒鸦"二句：隋炀帝杨广断句诗："寒鸦千万点，流水绕
　孤村。"

④香囊：香袋，古人佩身作装饰，此作赠物。

⑤"谩赢得"句：杜牧《遣怀》诗："十年一觉扬州梦，赢
　得青楼薄幸名。"青楼，妓女所居。

【译文】

　　远山涂抹着一缕淡淡的云，天空紧贴着大片衰败的草，
城头谯楼上的画角吹了一阵后已不再响起。我暂将远行的船
只停住不发，姑且与你一同举起这告别的酒杯。有多少如临
仙境般的往事呵，我白白地回想着，竟像这散漫的烟霭，迷
茫一片。只见夕阳余晖之外的远处，寒鸦万点，一湾流水环
绕着孤零零的村庄。

　　真教人丧魂落魄啊！当这难舍难分的时刻，我暗暗地解
下佩带在身上的香袋，你轻轻地解开打着同心结的罗带，彼
此相赠。就这样，我便获得了一个青楼薄情郎的恶名。这一

别什么时候再能见到你呀？徒然弄得我衣襟和衫袖上泪渍斑斑。当我从情伤意乱的地方再竭力远望时，只能看见高城了，还有那闪烁着的黄昏的灯火。

扩展阅读

杭之西湖有一倅①，闲唱少游《满庭芳》，偶然误举一韵云："画角声断斜阳。"妓琴操在侧云："'山抹微云，天连衰草，画角声断谯门。'非'斜阳'也。"倅因戏之曰："尔可改韵否？"琴即改作"阳"字韵云："山抹微云，天连衰草，画角声断斜阳。暂停征辔，聊共饮离觞。多少蓬莱旧侣，空回首，烟霭茫茫。孤村里、寒鸦万点，流水绕空墙。　　魂伤。当此际，轻分罗带，暗解香囊。谩赢得、秦楼薄幸名狂。此去何时见也？襟袖上、空有余香。伤情处，高城望断，灯火已昏黄。"（吴曾《能改斋漫录》）

【注释】

①倅（cuì）：任副职的官吏。

【译文】

杭州西湖有某官，随口吟唱秦少游的《满庭芳》词，偶然弄错了其中一句说："画角声断斜阳。"有个叫琴操的妓女在一旁纠正说："是'山抹微云，天连衰草，画角声断谯门'，不是'斜阳'。"某官便开玩笑对她说："你不能将词的韵改一下吗？"琴操当即将词改为"阳"字韵，念道："（略）。"

点 评

这首描写离别场景的词，曾广为传诵，名噪一时，秦观因此而得了个"山抹微云"的雅号，在词坛上留下了不少传闻。

"山抹微云，天粘衰草"，词人着意选用"抹"字"粘"字，以增强景物的可感性和生动性——动词都带着比喻的性质。"粘天"一词，用过的人很多，可知有的本子作"天连衰草"是后人改的。"画角声断谯门"，时值向晚，已预为末句伏根。"暂停"二句，点出临别；从"暂"字"聊"字中透出无可奈何和十分感慨的心情，故下接对回首往事的喟叹。"蓬莱"二字双关，即说当时遇合如临仙境，又指明地点。《艺苑雌黄》云："程公辟守会稽，少游客焉，馆之蓬莱阁。一日，席上有所悦，自尔眷眷，不能忘情，因赋长短句。所谓'多少蓬莱旧事，空回首、烟霭纷纷'也。"这有其《别程公辟给事》诗句"买舟江上辞公去，回首蓬莱梦寐中"可证。鸦噪夕阳，水绕孤村，以景物写心境，极有情致；借用炀帝诗意而不见蹈袭痕迹，自是作词高手。

　　下片专写分手一刻情况。"销魂"一顿，使黯然之情笼盖以下文字。东坡以为下片起几句是"柳词句法"（见《花庵词选》），颇有眼力，"香囊暗解，罗带轻分"确有柳永绮罗香泽之态，但不是疵病；至借杜牧《遣怀》诗句意的自嘲，则不但点明别者的青楼身份，也借此说出自己"落魄江湖"的境况。故周济云："将身世之感，打并入艳情，又是一法。"（《宋四家词选》）已写"空回首""谩赢得"，这里又说"空惹啼痕"，我以为作此词时，秦观的感慨已多于伤情。结尾两句是船渐远去情景，因前有"暂驻征棹"语；"高城"也与"谯门"照应；前言"画角声断"，结则"灯火已黄昏"，一丝不乱。曾季貍《艇斋诗话》以为是"用欧阳詹诗云：'高城已不见，况复城中人。'"虽秦观未必真取用此诗，但体会行舟中回望之情景，倒是说得对的。

鹊 桥 仙

七 夕①

纤云弄巧②，飞星传恨③，银汉迢迢暗度。金风玉露一相逢④，便胜却人间无数。　　柔情似水，佳期如梦，忍顾鹊桥归路⑤！两情若是久长时，又岂在朝朝暮暮⑥！

【注释】

①七夕：《草堂诗余》作此题。《荆楚岁时记》："七月七日，为牛郎织女聚会之夜。"

②纤云弄巧：谓片云作出巧妙的花样。

③飞星传恨：谓牵牛织女星传递离别相思之恨。

④金风玉露：秋风秋露。秋季五行属金。

⑤忍：岂忍。　鹊桥：古代传说，七夕织女渡银河与牛郎相会，有乌鹊来搭成桥。权德舆《七夕》诗："今日云轺渡鹊桥，应非脉脉与迢迢。"

⑥朝朝暮暮：谓男女间日夜欢聚在一起。语出宋玉《高唐赋》："旦为行云，暮为行雨，朝朝暮暮，阳台之下。"

【译文】

　　轻云弄出巧妙的花样，天上的双星彼此传递着别离相思之恨，他们暗中渡过了迢迢的银河。在秋风白露时节，相逢一次，就远比人世间无数的相会强多了。

柔情似水一般，佳期恰如梦幻，怎忍心回头看那通过鹊桥回去的路呢？唉，只要两人的感情能天长地久，又何必非要天天早晚都相聚在一起不可呢！

扩展阅读

　　昔张天如论相如之赋云^①："他人之赋，赋才也；长卿，赋心也。"予于少游之词亦云：他人之词，词才也；少游，词心也；得之于内，不可以传。虽子瞻之明俊^②，耆卿之幽秀，犹若有瞠乎后者，况其下耶？（冯煦《宋六十一家词选》例言）

【注释】
①相如：司马相如，字长卿，西汉辞赋家。
②俊："俊"的异体字。

秦观二首

【译文】

从前，张溥论司马相如的赋说："别人写的赋，是表现作赋的才；司马长卿是表现作赋的心。"对于秦少游的词，我也说，别人写的词，是表现作词的才，少游是表现作词的心；这是由他内在的秉赋气质决定的，没有办法传授给别的人。即使像苏子瞻那样的明快俊逸，柳耆卿那样的清幽娟秀，仍会有赶不上他的地方，何况那些才情比他们差的人呢？

点 评

七月七日之夜叫"七夕"，传说是牛郎织女鹊桥相会之时。从《古诗十九首》起，历来也不知有多少诗人词客吟咏过，但能出新意的却并不多，而有新意又格调高的更是少而又少。这类词大都从古诗"终日不成章，泣涕零如雨"或"盈盈一水间，脉脉不得语"等句，引出牛郎织女终年相思相望而难得一见的悲情来。而秦观这首词调名与所咏内容完全一致的作品，却不然，它不但能一反悲情为赞美，别出新意，而且格调也极高，所以是很难得的佳作。

开头由"纤云"引出"飞星"，再说到"银汉"；由"传恨"到"暗度"，再接以"相逢"，叙来有序，一丝不乱。"巧"，固然是形容云的多姿多态，但也是有意在点今夕是"乞巧"之夜。星星有"恨"，只是暗示传说，至"银汉迢迢暗度"，则所指已逐渐明朗。"金风玉露"，点出时令，亦不可缺；用李商隐《辛未七夕》诗中语："恐是仙家好别离，故教迢递作佳期。由来碧落银河畔，可要金风玉露时？"可知说的是牛郎织女此夕"一相逢"。至此，所叙何事，已不会有任何疑惑了。上片末句是出新意处：天上的一年一度相见，比起人间无数的欢爱约会或久别重逢来，不知要胜过多少倍了。为什么呢？因为他们才算是真正的情深不渝，虽历千年万代而永不会改变。但这一答案，先没有说，而是留待后面，这样就开启了下片。

　　下片前三句，就写他们的无比深情。"柔情似水"，说得何等好啊！后人已作成语用了。在古人想象中，银河便是一条无声的流水。"佳期如梦"，除好景不长、不可把握外，还包含难以形容的惊喜和幸福，所谓"犹恐相逢是梦中"是也。"忍顾鹊桥归路"，说临别留恋不舍之情，凄婉动人，而"鹊桥"二字，再补传说，一滴不漏。少游倘若没有现实生活的真切感受和准确的艺术表达能力，是写不出这样动人的词句来的。结尾二句转折，回应上片末句，是境界的升华，也是立意的根本。既切紧牛郎织女年年相会一次，但"两情""久长"的特点，又可以作为天下一切难于相聚的有情人的箴言。精神重于肉体，真情不渝才是最可贵的。这正如冯煦所谓的是少游"得之于内"的"词心"。

李之仪 一首

李之仪（生卒年不详）：字端叔，号姑溪居士，沧州无棣（今属山东）人。神宗熙宁三年（1070）进士，任枢密院编修官，通判原州。徽宗朝，提举河东常平。政和七年（1117），以朝议大夫致仕，年八十而卒。能文，尤工尺牍，有《姑溪词》。

卜 算 子

我住长江头，君住长江尾；日日思君不见君，共饮长江水。　　此水几时休？此恨何时已？只愿君心似我心，定不负相思意。

【译文】

我住在长江的源头，你住在长江的末端；天天思念着你却又见不到你，你我喝的都是长江的水。

这流水什么时候才能停止？这怨恨什么时候才能完结？但愿你的心能够跟我的心一样，那么，彼此相思的心意就必定不会辜负。

扩展阅读

中多次韵小令[1]，更长于淡语、景语、情语。……至若"我住长江头，君住长江尾；日日思君不见君，共饮长江水"，直是古乐府后语矣。（毛晋《姑溪词跋》）

【注释】

①次韵小令：用他人词同样字押韵的小词。

【译文】

《姑溪词》中有很多步他人韵的小词，更擅长于用平淡语、写景语、抒情语。……至于像"我住长江头"等四句，简直就是古乐府中漂亮的语句了。

点 评

这首小令是效乐府民歌体的情歌。

前四句借长江说恋情，极有情致。句中巧妙地利用了分合异同的对立统一规律，以增强艺术表现的语言效果：两人都住在长江边，"共饮长江水"是同，是合；然则"我住长江头"，在上游，"君住长江尾"，在下游，相隔千里，又是异，是分。彼此思念，心心相印，是同，是合；人处两地，不得相见，又是异，是分。"日日思君不见君"句是主体，而用说起居三句来作前后陪衬，语言浅显而颇有内蕴，其间含意，任凭读者想象补充。比如说两人同饮一杯酒，那定是最亲密的人；同饮一江水，岂不也可以作如是观？差别只在大小而已。作者真能得民歌之所长。

后四句转为抒情，仍紧承上文以"此水"过片。以水之长流引出人之长恨，用的是民歌惯用的比兴手法。建安徐干《室思》诗说："思君如流水，何有穷已时！"前两句正用此意。后两句或从五代顾敻（xiòng）《诉衷情》词"换我心，为你心，始知相忆深"中得到启迪。女子最所虑者，是男子的时过情迁，薄幸变心，不能像自己那样一往情深，至死靡它，故曰"只愿君心似我心"。末句按词牌格律，本当是五个字，现在"定不负相思意"多了个"定"字，这叫添声作衬字，为的便是不以辞以声害意。这个"定"字是表示态度的，非常要紧，少不得。大凡爱得深切，语言必定坚决，古乐府民歌中《上邪》等诗可证。这既是抒发自己感情的需要，也是为鼓舞对方信心，希望他努力去争取实现幸福生活的理想，不要动摇。纪晓岚以为《姑溪词》中"小令尤清婉峭蒨（qiàn）"（《四库全书提要》），指的就是这类词。

周邦彦 二首

周邦彦（1056—1121）：字美成，号清真居士，钱塘（今浙江杭州）人。神宗元丰初游学汴京（今河南开封），作《汴京赋》，洋洋七千言，名噪京师，由太学生一跃升为太学正。后历任地方官。徽宗朝，仕至徽猷阁待制，提举大晟府。后又出知顺昌府，徙处州，晚居明州（今浙江宁波）。他妙通音律，能自度曲，尤擅长调；其词清正醇和，艺术造诣极高，历来被词家奉为正宗。有《片玉集》，又名《清真集》。

六　丑

蔷薇谢后作

正单衣试酒①，怅客里、光阴虚掷。愿春暂留，春归如过翼，一去无迹。为问花何在？夜来风雨，葬楚宫倾国②。钗钿堕处遗香泽③，乱点桃蹊，轻翻柳陌。多情为谁追惜④？但蜂媒蝶使，时叩窗槅⑤。　　东园岑寂，渐蒙笼暗碧⑥。静绕珍丛底⑦，成叹息。长条故惹行客⑧，似牵衣待话，别情无极。残英小，强簪巾帻⑨。终不似一朵钗头颤袅⑩，向人欹侧。漂流处、莫趁潮汐⑪。恐断红、尚有相思字⑫，何由见得？

【注释】

①试酒：初尝新酒。《武林旧事》记宋代春末夏初时有尝新酒的习俗。

②"夜来"二句：说风雨花落。楚宫倾国，以美女喻花。

③钗钿（diàn）：喻花的落瓣。

④为谁：谁为。

⑤窗槅（gé）：窗格子。

⑥蒙笼暗碧：草木茂盛，绿叶浓暗。

⑦珍丛：指蔷薇花丛。

⑧长条：指蔷薇的枝条，枝上有刺，易勾人衣服。

⑨巾帻（zé）：头巾。

⑩颤袅：轻轻颤动。

⑪潮汐：早潮叫潮，晚潮叫汐。

⑫断红、相思字：以红叶比红花落瓣，用红叶题诗故事。范摅《云溪友议》：唐宫女题诗于红叶上，顺御沟流出宫外，被人拾得，后结成婚姻。其诗云："流水何太急，深宫竟日闲。殷勤谢红叶，好去到人间。"

【译文】

正是换单衣、尝新酒的季节，我恨羁旅他乡的日子里，大好时光都浪费了。我真希望春天能稍稍停留一下，可是春天的归去就像飞鸟经过一样，一去全无踪影了。我问蔷薇花到什么地方去了呢？原来是夜间一场风雨，埋葬了这楚国宫中的绝色佳人。她那金钗、花钿纷纷堕落的地方，留下了阵阵芳香，胡乱地点缀着桃树下的小径，轻轻翻动在柳阴路上。有谁会多情地替她惋惜呢？只有当过她媒人和使者的蜜蜂、蝴蝶，还不时地飞来，敲响我的窗格子。

东园里一片寂静，草木渐渐茂密，绿叶深暗。我默默地绕着凋零殆尽的蔷薇花丛行走，只能叹息不已。它那带刺的长条，故意招惹着过往行人，好像是在拉住你的衣服，要向你诉说她内心无限的离愁别恨。虽然还有残留的小花，能勉强地摘下插在头巾上，但终究不如曾见过美人头上的那一朵盛开的大花，在钗头微微颤动，沉甸甸地偏向一边。落花漂流于水上，不要随着早晚的潮水去才好；恐怕那红色花瓣上还写有相思的字句哩，要是流走了，怎么还能看得见呢？

扩展阅读

清真《六丑》一词，精深华妙，后来作者，罕能继踪。（蒋敦复《芬陀利室词话》）

【译文】

清真居士所作《六丑》一词，精细深沉，高华奇妙，后来的填词者，绝少有人能跟得上他的。

点 评

这是周邦彦的一首代表作。题意是追惜蔷薇花的凋谢，其实也借落花自抒宦游羁旅，光阴虚度，青春逝去的落寞情怀。

词开头写春去。"单衣试酒"，是春暮，点了时令；又是消愁，也是人事。"怅客里、光阴虚掷"七字，是作词的本意。发端便用"正"字"怅"字，使句意覆盖全篇，贯注始终。"愿春暂留"是不忍"虚掷"，"春归如过翼"是竟成"虚掷"。"过翼"喻其迅速，而"一去无迹"更说到尽头，不留余地。这十三个字词意曲折回旋，包括无遗，故周济说它"千回百折，千锤百炼"（《宋四家词选》）。话既说尽，以下本难接续，然词人能举重若轻，只以"为问花何在"五字唤醒题旨。"花何在"正为"无迹"而发问也。此无中生有、绝处逢生手段，突兀而绵密，谭献说他是"搏兔用全力"（《谭评词辨》）。"夜来风雨，葬楚宫倾国"，人多谓从孟浩然"夜来风雨声，花落知多少"或温庭筠"夜来风雨落残花"诗意化出，殊不知词意之妙全在设喻——以埋葬绝世佳人作比，否则风雨落花不过常语，又何其多也！韩偓《哭花》诗云："若是有情怎不哭，夜来风雨葬西施。"这才是其真出处。词更有特色的是所设比喻能连下六句，直贯到上片结束：美人既死，则钗钿委地，任其狼藉于桃蹊柳陌间而无人管，只有"蜂媒蝶使"还常来

"叩窗槅"以探询她的去处。这种设喻方法，惟东坡诗中有之，如其《守岁》诗云："欲知垂尽岁，有似赴壑蛇。修鳞半已没，去意谁能遮？况欲系其尾，虽勤知奈何"即是。

上片说花落，只是虚拟泛写，不待眼见而后知；至蜂蝶叩窗，则引出过片写步出室外于"东园"探寻，故是实写。所谓"岑寂"，用意不在说园内无人，还是写春去"无迹"，是与蔷薇花丛前蜂围蝶阵乱纷纷，春意喧闹恰好相反的境界。花已落去，绿叶浓暗，惟静绕花丛兴慨而已。"成叹息"，仍遥应"怅"字。花谢而只剩"长条"，荆棘勾住衣服，而设想其"故惹行客""牵衣待话"，与人一诉离别之情怀。词人深情所至，使无情之物亦似有情，造境奇妙。因欲话别而偶见枝上尚存残花，无迹而忽然有迹，亦出人意料。"残英小"，本不足簪巾帻而"强"簪之，是"愿春暂留"的体现，然而又毕竟不能与盛开时美人钗头的艳花相比。这才无可奈何地醒悟到春天真的过去了。叙来一波三折，"颤袅""敧侧"，用词极准确而有表现力。最后又移来红叶题诗故事，用以"追惜""断红"，造成春之归去也如落花趁潮汐，奔流到海，一去不回的效果。这又道人所未道。总之，"不说人惜花，却说花恋人；不从无花惜春，却从有花惜春；不惜已簪之残英，偏惜欲去之断红"（周济语）。词境时时总能萌发新枝奇葩。

蝶恋花

早 行

月皎惊乌栖不定，更漏将阑，辘轳牵金井①。唤起两眸清炯炯，泪花落枕红绵冷②。 　执手霜风吹鬓影③。去意徘徊，别语愁难听。楼上阑干横斗柄④，露寒人远鸡相应。

【注释】

①辘轳（lì lù）：井架上汲水的滑车叫辘轳或辘轳，辘轳为其转动之声，亦作"辘轳"解。

②红绵：作枕芯用的木棉，其花色红，故谓。

③霜风吹鬓影：李贺《咏怀》诗："弹琴看文君，春风吹鬓影。"

④阑干：纵横的样子。 　斗柄：北斗七星如古代酌酒的斗，有把，称斗柄或斗杓。

【译文】

　　明亮的月光惊起栖乌在枝上吵个不定，更漏的声音将残，辘轳在响，井边已有人汲水。刚从睡梦中被弄醒，一双眼珠儿炯炯发光，泪水滴在枕上，枕头一片湿冷。

　　我们紧握住对方的手，看寒风吹动鬓发，临去的心情彷徨无依，告别的话令人愁得不忍再听。高楼上空北斗七星已经横斜，天色将明，晓露侵肌寒，人已远去，只有雄鸡的啼叫声此起彼应。

扩展阅读

美成能作景语，不能作情语；能入丽字，不能入雅字，以故价微劣于柳。然至"枕痕一线红生玉[①]"，又"唤起两眸清炯炯，泪花落枕红绵冷"，其形容睡起之妙，真能动人。（王世贞《艺苑卮言》）

【注释】

①枕痕一线红生玉："玉"应是"肉"的误记。周邦彦《满江红》词："昼日移阴，揽衣起，春帷睡足。临宝鉴，绿云撩乱，未忺（xiān，适意）妆束。蝶粉蜂黄都褪了，枕痕一线红生肉。……"

【译文】

周美成能写景语，不善于写情语；能用华丽的字，不能用高雅的字，因此他词的身价略低于柳永。然而，如"枕痕一线红生玉"，又"唤起两眸清炯炯，泪花落枕红绵冷"，形容睡觉起来时的神态之妙，也真能动人。

点 评

周邦彦的词，措词多精粹典丽，但这首题作"早行"写离别情景的词，却多用白描，语言也比较疏快，表现了另一种风格。

头三句是睡梦醒后枕上所闻，所述景象都从声音中听出：写了惊乌的鸣叫、拍翅声，写了将尽的更漏声、汲取井水的辘轳声。远行之人本欲趁早起身，故闻声而醒，这就是"唤起"二字的含义。"两眸清炯炯"五字，形容准备早行者刚刚惊醒一刹那的神态，栩栩如生。心知离别在即，不觉"泪花落枕"，湿透"红绵"，触脸而"冷",写来凄恻动人。这些都是起床前的情景。

下片写别时的情况。柳永《雨霖铃》有"执手相看泪眼"语,此用李长吉歌诗"春风吹鬓影"句,而易一字以合寒夜将残情景,泪眼相看之意固已在其中,而对心上人抚爱怜惜之情又为柳词所无。写离人去意徬徨、愁听别语之心态,亦刻画入微。末以斗横露冷,人已远去,唯闻鸡声相应作结,更觉离恨绵绵,凄婉不尽。

贺铸一首

贺铸（1052—1125）：字方回，晚号庆湖遗老，卫州（今河南汲县）人。元祐中以通直郎通判泗州。徽宗大观三年（1109），以承议郎致仕，退居苏州，以藏书自娱。博学能文，词风格多样。有《东山词》。

青玉案

凌波不过横塘路①，但目送，芳尘去。锦瑟华年谁与度②？月桥花院，琐窗朱户，只有春知处。　　飞云冉冉蘅皋暮③，彩笔新题断肠句④。试问闲愁都几许？一川烟草，满城风絮，梅子黄时雨。

【注释】

①凌波：形容女子步履轻盈。曹植《洛神赋》："凌波微步，罗袜生尘。"　横塘：在苏州胥门外九里，贺铸建小筑于此。

②锦瑟华年：青春岁月。语出李商隐《锦瑟》诗："锦瑟无

端五十弦，一弦一柱思华年。"

③冉冉：形容云慢慢移动。　蘅皋：长着香草的水边高地。

④彩笔：用江淹得五色笔而能写漂亮诗文事。

【译文】

　　姑娘轻盈的步子并不过横塘路这边来，我只好用目光送她逐渐远去。她那美好的青春岁月也不知跟谁一起度过。她居住的地方想必有赏月的小桥、种花的庭院、雕刻着连琐纹的窗子和朱红色的门户，只有春天才知道它在哪里。

　　浮云慢慢地移动着，长着香草的河岸上已暮色来临。我用才情洋溢的笔新写成十分伤感的诗句。你想问我心头无故的烦恼有多少吗？它就像河边青烟般绵绵不绝的芳草，被风吹得满城飞舞的柳絮，还有那黄梅季节老是下个不停的雨。

⚘ 扩展阅读 ⚘

　　贺方回尝作《青玉案》词，有"梅子黄时雨"之句，人皆服其工，士大夫谓之"贺梅子"。（周紫芝《竹坡诗话》）

【译文】

　　贺铸曾经写过《青玉案》词，其中有"梅子黄时雨"的句子，人们都佩服他写得工巧，士大夫于是称他为"贺梅子"。

⚘ 点　评 ⚘

　　这首词是贺铸的名作，他因此而获得"贺梅子"的雅号。吴曾《能改斋漫录》云："贺方回为《青玉案》词，山谷尤爱之，故作小诗以纪其事。"黄山谷的小诗说："解作江南断肠句，只今惟有贺方回。"（《寄贺方回》）词写贺铸寓居苏州横塘期间的孤寂苦闷，即词中所谓的"闲愁"，而这种"闲愁"又是通过"望美人兮不来"表现的。写得美人有点像洛神，所以很难说是纪实呢，还是一种象征性的虚拟。

词一开头就说这位纤步轻盈的美人，不过我居处的路上来，自己只能目送她远去。"凌波""芳尘"，都用《洛神赋》"凌波微步，罗袜生尘"。说"不过"而又"目送"，将自己对她的留情属意写透了。照例接着应写自己的心情，却从悬想美人境况折射出来，是深一层写法。"锦瑟"事本也出自神女传说，经李商隐诗一用，则青春岁月，如何度过，不待"追忆"，已有"茫然"之感。不但"谁与度"不可知，连住在何处也不知道。不知道而又说得十分具体：楼外"月桥花院"，闺阁"琐窗朱户"；当然都是出于想象，觉得其居处应当如此而已，这正是心往神驰的表现。不知道而说"只有春知处"，说法与韦庄《女冠子》"除却天边月，没人知"相似；"春"字从"锦瑟华年"生出。

过片"飞云"（一本作"碧云"）句，即江淹诗"日暮碧云合，佳人殊未来"意，而同时又取用《洛神赋》中词："尔乃税驾乎蘅皋。"因其未来而望其到来，不觉时已迟暮，只有寄情于"彩笔"题句。然而自己虽有江郎之才，能题"断肠"之句，而美人终不可得；于是"闲愁"转深，遂有"几许"之问。所答三句是此词最受称赞的。如沈际飞说："叠写三句闲愁，真绝唱！"（《草堂诗馀正集》）罗大经也举其篇末说："盖以三者比愁之多也，尤为新奇；兼兴中有比，意味更长。"（《鹤林玉露》）其特点是连续用了几个比喻，即今所谓"博喻"，而又都是自春至夏这段时间中所见的景物。它们不但设喻多，而其景象本身又都能引起人们的愁绪来，所以巧妙。

李重元 一首

李重元（生卒年不详）：约宋徽宗宣和前后在世，工词。黄升《唐宋诸贤绝妙词选》录其《忆王孙》词四首。

忆 王 孙

春 词

萋萋芳草忆王孙①，柳外楼高空断魂，杜宇声声不忍闻②。欲黄昏，雨打梨花深闭门。

【注释】

①"萋萋"句：汉刘安《楚辞·招隐士》："王孙游兮不归，春草生兮萋萋。"萋萋，草茂盛的样子。王孙，后亦用以泛指不归者。

②杜宇：即杜鹃，相传古蜀帝杜宇之魂所化，叫声凄厉，如劝游子"不如归去"。

【译文】

芳香的春草生长茂盛的时候，我思念起我的郎君来了。在高高的楼上眺望，也只能望见烟柳一片，空使我内心痛苦万分，我不忍去听那杜鹃鸟的声声啼叫。天色已近黄昏，深深的庭院门紧闭着，只有风雨阵阵吹打着梨花。

❀ 扩展阅读 ❀

自有春愁正断魂，不堪芳草思王孙。
落花寂寂黄昏雨，深院无人独倚门。

（韦庄《春愁》）

【译文】

　　自从有了春天的愁思便有痛苦，现在又正是难熬的时刻，遍地芳草触动我思念郎君之情，真教人不好受啊！黄昏时分，下了一场雨，花儿都无声无息地落去，庭院深深，空无人迹，只有我独个儿靠在门边出神。

点 评

此词原误编在李甲（字景元）名下，黄升《花庵词选》作李重元词，录其同调词四首，另有《夏词》《秋词》《冬词》，今从之。一本又题为秦观作。

起句用《楚辞·招隐士》句意，故"王孙"一词只是借出处文字作为忆其往事、盼其归来之对象的代称，与通常所说的公子王孙无关，也并不限指其人的社会地位、身份；王维诗"随意春芳歇，王孙自可留"即此用法。"柳外楼高空断魂"，有人解作"烟柳外的高楼却挡住了她的视线"（《唐宋词鉴赏辞典》714页，江苏古籍出版社），这就弄反了。不是高楼挡住视线，而是说楼再高也无法望见，能看到的惟有烟柳而已，是望远之人正在高楼凭栏；与欧阳修词"玉勒雕鞍游冶处，楼高不见章台路"用法同；之所以没有说"不见……"，因为"空断魂"三字，已包含着这层意思了。"断魂"与"销魂""断肠"义同。"空"字说远望与感伤均无益。由忆而望，望而不见，惟闻杜鹃声声在叫"不如归去"，这对于盼归无望、已黯然销魂的人来说，自然更难忍受了。

"欲黄昏"，语用进行式，指伫立凝望之久。黄昏已使人发愁，何况"深"院"闭门"，见"雨打梨花"，纷纷飘落景象。在"不忍闻"之后，又写了可说是"不忍见"的场面。白居易《长恨歌》有"玉容寂寞泪阑干，梨花一枝春带雨"之喻，末句寂寂深院中雨打梨花之景，正与怀人不见的怨恨凄恻情绪完全一致。

小令如绝句，易成而难工，最重神韵。此词利用传统意象，将芳草、烟柳、杜鹃、春雨、梨花诸物与所抒离恨别绪结合在一起，使之情景交融，所以意境深远而韵味悠长。

张元干 一首

张元干（1091—1170?）：字仲宗，号芦川居士，长乐（今属福建）人。北宋末年，为李纲僚属，参预汴京保卫战。南宋初，秦桧当政，致仕南归，晚年寓居福州。因作词送主战派胡铨，触怒秦桧，被削官为民。词长于抒发慷慨悲愤之情，开南宋爱国词人先河。有《芦川归来集》《芦川词》。

贺 新 郎

送胡邦衡待制赴新州①

梦绕神州路②，怅秋风、连营画角，故宫离黍③。底事昆仑倾砥柱④，九地黄流乱注⑤，聚万落千村狐兔⑥？天意从来高难问，况人情老易悲难诉⑦。更南浦⑧，送君去。　　凉生岸柳催残暑，耿斜河⑨，疏星淡月，断云微度。万里江山知何处？回首对床夜语⑩。雁不到⑪，书成谁与？目尽青天怀今古，肯儿曹恩怨相尔汝⑫！举大白⑬，听金缕⑭。

【注释】

①胡邦衡：名铨，绍兴初为枢密院编修官，反对秦桧与金议和，上书乞斩秦桧等三人头以谢天下，被秦桧贬往广州监盐仓。和议成，又被劾"饰非横议"，编管新州（今广东新兴）。

②神州路：指被金人占据的中原。

③故宫离黍：《诗经·王风·黍离》：周平王东迁，周大夫经西周故都，见故宫"彼黍离离"，变成了庄稼地，遂赋诗志哀。后世以"黍离"表示亡国之痛。

④底事：何事。 昆仑、砥柱：皆名。传说昆仑有铜柱，是支撑天的柱子；砥柱在黄河中。昆仑、砥柱都倾倒了，喻北宋覆灭。

⑤九地：九州。

⑥狐兔：喻金兵。

⑦"天意"二句：杜甫《暮春江陵道马大卿公恩命追赴阙下》诗："天意高难问，人情老易悲。"

⑧南浦：泛指送别之地。江淹《别赋》："送君南浦，伤如之何！"

⑨斜河：银河。

⑩对床夜语：往日的交往谈心。韦应物《示全真元常》诗："宁知风雨夜，复对此床眠！"

⑪雁不到：传说秋雁到湖南衡阳回雁峰止，新州还远在岭南，无法托带书信。

⑫肯：岂肯。 尔汝：你我；指彼此亲密的称呼。韩愈《听颖师弹琴》诗："昵昵儿女语，恩怨相尔汝。"

⑬大白：酒杯。

⑭金缕：《金缕曲》，即本词调《贺新郎》的异名。

【译文】

　　梦中，我走在沦于金人之手的中原道路上，秋风阵阵，处处军营响起号角，故都的宫殿已成了长满庄稼杂草的土地，心中顿生无限悲痛。为什么擎天的昆仑、中流的砥柱全都倾倒，九州大地上黄河泛滥成灾，千万村落都聚集着狐群兔崽子呢？老天爷高高在上，他的心意难以问清，何况人老了易生悲情，难以诉说。现在又要送您上路，远赴新州了。

　　秋凉已至，岸边的衰柳在催促着残暑退去；银河耿耿，星光零落，月色微茫，片云悄悄地移动。万里江山此刻不知在什么地方？我回想着我们对着床榻、彼此深夜谈心的情景。您去往大雁飞不到的岭南，我写好信也无由托带。我极目远望青天，感慨古今之事，又怎能像儿女们那样只说些你爱我恨的话呢！还是举起酒杯，听我唱一首《金缕曲》吧！

扩展阅读

　　今观此集，即以此二阕压卷^①，盖有深意。其词慷慨悲凉，数百年后，尚想其抑塞磊落之气。然其他作，则多清丽婉转，与秦观、周邦彦可以肩随。（纪昀《四库全书总目·芦川词提要》）

【注释】

①此二阕：指他的两首《贺新郎》词，另一首题作"寄李伯纪丞相"，是寄给主战派李纲的，也是他获罪于秦桧的原因之一。

【译文】

　　如今看这本《芦川词》，即以这两首《贺新郎》词置于卷首，这是有深意的。他的词慷慨悲凉，数百年后，还能想见他抑郁而磊落的气度。但他的其他词作，则大多清丽婉转，与秦观、周邦彦可以比肩。

❦ 点 评 ❦

胡铨因上书高宗，乞斩秦桧等三人的头以谢天下，一再遭到秦桧的迫害，秦桧还必欲杀之而后快。张元干不畏邪恶势力，作诗词为流放去新州的胡铨送行，表现了令人敬佩的非凡勇气和爱国抗金的坚定立场。

词上片先感时事国难，末了归结到送别；下片先写此行的季节、景物，再回忆旧谊，抒愤恨之情，最后以词酒相勉慰赠别作结。全词壮怀悲情激昂。

秋风画角，故宫离黍，见中原昔日繁华，遭金兵铁蹄的蹂躏；昆仑崩，砥柱倾，黄水横流，狐兔群聚，述北宋的覆亡为祸之惨烈。天意难问，看似怨恨上苍之不公，实是讽刺南宋小朝廷纵容和支持秦桧等奸臣陷害忠良，屈膝降敌，而全不思恢复失土、洗雪国耻。对床夜话的回忆，是二人多年来志同道合、情深意厚的例证；不作儿女辈"恩怨相尔汝"之态，用韩愈诗语，却是王勃"无为在歧路，儿女共沾巾"诗意，确实表现出大丈夫当以国事为重，不以挫折而消沉，彼此互为勉励的宽广胸怀。写来沉郁悲痛，充满磊落不平之气。

陈与义 一首

陈与义（1090—1138）：字去非，号简斋居士，祖籍京兆（今陕西西安），唐时避乱入蜀，至其曾祖徙居洛阳（今属河南）。政和间，为太学博士、著作佐郎。南渡后，历兵部员外郎、中书舍人、礼部侍郎、参知政事，以疾辞归，卒于湖州。为江西诗派主将之一，词虽不多，但语意超绝。有《简斋诗集》，附《无住词》十八首。

临 江 仙

夜登小阁忆洛中旧游

忆昔午桥桥上饮①，坐中多是豪英。长沟流月去无声②，杏花疏影里，吹笛到天明。　　二十余年如一梦，此身虽在堪惊。闲登小阁看新晴，古今多少事，渔唱起三更。

【注释】
①午桥：在洛阳城南。
②沟：指护城河。

【译文】

　　想当年在午桥的桥上喝酒，在座的大多都是豪杰英才。长长的护城河浸泡着一轮明月，无声无息地流去。在杏花疏稀的影子底下，吹笛子一直吹到天亮。

　　二十多年过去，真像一场梦啊！我这人虽然还活着，回忆起来也足以惊心了。闲来无事，我登上小阁楼看看新霁后的月色夜景，古往今来有多少令人感慨的事啊！只听得半夜三更有人在唱渔歌。

扩展阅读

　　去非词虽不多，语意超绝，识者谓可摩坡仙之垒。（黄升《花庵词选》）

【译文】

　　陈与义的词虽然不多，但用语的意趣超凡绝伦，有见识的人说他已可以触摸到苏东坡的壁垒了。

点　评

　　陈与义以诗著名，但所存一卷《无住词》"殆于首首可传"（《四库全书提要·无住词》），即如此首《临江仙》词，忆昔感今，声情并茂，便堪称绝唱。

　　上片忆昔。从容而起，自然述说，不加雕琢，对当年群贤毕至，相聚夜饮于洛阳午桥盛况的追忆向往之情，已洋溢纸上。如此发端，落落大方。至后几句对场景细节作具体描绘时，便更见精彩。"长沟"三句，可谓百读不厌。本谓月映长沟，流水无声。现在凭着作者对诗意的敏锐感觉而将措词稍加变动，说成"长沟流月去无声"，而意思也随之改变，意谓月渐西落，不能长映于沟水之中，恰如被不断逝去的流水（习惯上又比作时间）无声无息地送走。巧语天成，妙手得之。"杏花疏影里，吹笛到天明"十字，快言爽语，意境之佳，更被诸多评词者所激赏。特别是因为所写是回忆中情景，又历历如在目前，更为过片的兴叹，蓄足了势头。

下片感怀。"二十余年如一梦，此身虽在堪惊。"作者抒情也是高手，词句仿佛直接从胸中自然流出，却极富艺术感染力。记忆中连流月无声、杏花影里等细节都记得清清楚楚，想不到转眼竟已过去"二十余年"了，发"如一梦"的感喟，是逻辑的必然。昔日"洛中旧友"，如今死的死，散的散，所剩无几，且都已鬓发苍苍了。"此身虽在"的言外，就包含着这些意思，故接以"堪惊"二字，犹杜甫之"访旧半为鬼，惊呼热中肠"也。叙来简捷之至。"闲登"句，申足题意。"新晴"是说雨后初霁，与当年竟同是月夜。

词末了两句大大地拓展了感慨的内涵，使之超越了自身的经历和友情的范围，而把目光转向历史和人生，去作哲理性的思考。"古今多少事"五字中，昔时相聚的"豪英"和后来"堪惊"的见闻，都得以包容。问题是提出来了，却没有答案。代替回答的只有"渔唱起三更"这令人惕然警觉的凄清情景。把国家兴亡、人生穷通的大感慨，付之于渔唱，是我国文学中从《楚辞·渔父》开始，逐渐形成的一种传统意象。诗词中都有，如王维《酬张少府》诗云"君问穷通理，渔歌入浦深"即是。直至清代，孔尚任写明朝亡国之痛的《桃花扇》，也还把渔樵晚唱作为全剧的尾声余韵。此词的结尾，正利用这一意象来表达自己内心寂寞悲凉的情绪，同时又因以景语代替叙事抒情，而能收到宕出远神的艺术效果。

李清照 三首

李清照（1084—1155?）：号易安居士，山东济南人。我国文学史上卓有成就的女作家。能诗文，尤擅词。父李格非、夫赵明诚皆为当时著名学者，早年居汴京，词多反映闺中生活和少女情怀，明快秀丽。南渡后，夫亡，只身流离于兵荒马乱中，后卜居金华、临安（今皆属浙江），境况凄凉，词风趋于沉郁忧伤。词善于白描，为婉约派大家。词论强调"词别是一家"，反对以作诗文之法作词。有《易安居士文集》《漱玉词》。

如 梦 令

昨夜雨疏风骤，浓睡不消残酒。试问卷帘人，却道海棠依旧①。知否？知否？应是绿肥红瘦。

【注释】

①却道：还说。

【译文】

昨天夜里，稀稀落落地下了一阵雨，风却很迅猛。我虽熟睡了一觉，但夜间残留的酒意，还没有完全消除。便试着询问卷帘子的人，庭院的景象如何。卷帘人告诉我："海棠花还是原来的老样子。"我说："你知道吗？你知道吗？应该是绿叶更肥壮了，红花更瘦损了！"

扩展阅读

近时妇人能文词如李易安，颇多佳句。小词云："绿肥红瘦。"此语甚新。又九日词云①："帘卷西风，人似黄花瘦②。"此语亦妇人所难到也。（胡仔《苕溪渔隐丛话》前集）

【注释】

①九日词：写九月九日重阳节（也称"九日"）的词，即下一首《醉花阴》，因词中有"佳节又重阳"的话。

②似：原词作"比"。

点 评

这是一首不分片的小令，写的是作者对春光和花事的关切和怜惜。全词篇幅虽极短小，仅三十三个字，写来却有情节、有对话，还能显现不同人物的个性，其语言之简洁和艺术表现力之高，令人叫绝。

宋人甚爱海棠花，如东坡诗"只恐夜深花睡去，故烧高烛照红妆"（《海棠》），放翁诗"为爱名花抵死狂""海棠已过不成春"等。此词也以海棠来代表美好的韶光春色。首句是醒后的回想，还记得昨夜有过一场风雨，雨虽不密，风声却紧，因此而烦愁，睡前喝了几杯酒，故一着枕便香梦沉酣，不知后来之究竟，醒来时还宿醉未消呢。心里为花的命运担忧，便问卷帘人："庭院中那些花怎么样了？"回答是："没有什么，海棠还是老样子。"作者的担心并没有写，问的是什么也没有说出来，意思却明白无误。因为问的既是卷帘人，自然是帘外庭院情形；又由卷帘人所答，自然便知所问何事，写对话便捷如此。可这一答复不但没有令作者释然，反不以为然。连用两个"知否"，虽词调规定要叠，却能借此传达出责怪卷帘人过于粗心大意的语气：你哪里知道，春光正是在你不知不觉中偷偷溜走的。这样，又反衬出作者对美好事物的特殊关切和敏感。

"绿肥红瘦"一语，确是新颖而有诗趣。拆开来看，过去诗词中也曾有过，以绿代叶、以红代花较普遍，如杜牧诗"千里莺啼绿映红"、王安石诗"繁绿丛中红一点"等都是，唐诗僧齐己更直接写过海棠说："红残绿满海棠枝。"以"肥"形容花的也有，如杜甫诗"红绽雨肥梅"，韩愈诗"芭蕉叶大栀子肥"等，用"瘦"字的在易安前少见，稍后稼轩词则有"一枝枝不教花瘦"，程垓词也有了"梅花瘦"的用法。但组成"绿肥红瘦"语，毕竟是李清照在炼字锤句上的独特创新，对后来颇具影响。即如《红楼梦》中"怡红快绿"四字，以及脂评见此而说的"伤哉！展眼便红稀绿瘦矣！"（第二十六回）也都可看出它的源头，正起于这首小词。

醉花阴

薄雾浓云愁永昼，瑞脑销金兽①。佳节又重阳，玉枕纱厨②，半夜凉初透。　　东篱把酒黄昏后③，有暗香盈袖。莫道不消魂，帘卷西风，人比黄花瘦④。

【注释】

①瑞脑：又称"龙脑"，即冰片，一种香料。　销：一作"喷"。　金兽：兽形的铜香炉。

②纱厨：即纱帐，防蚊用。

③东篱：陶潜《饮酒》诗："采菊东篱下，悠然见南山。"后即以东篱泛指赏菊之处。

④黄花：菊花。《淮南子·时则训》："菊有黄华（花）。"

【译文】

　　在浓浓淡淡的云雾般的香烟中，我总愁白天太长，老是面对那个焚着瑞脑的兽形铜香炉。重阳佳节又到了，枕着玉枕、睡在纱帐里，到半夜时已开始感觉到阵阵凉意了。

　　天色黄昏后，我在菊圃的篱笆旁饮酒，暗暗闻到有一股香气飘来，沾满了我的衫袖。别说我心中不黯然感伤，卷帘西风吹来，你看我不比菊花更消瘦吗？

扩展阅读

易安以重阳《醉花阴》词函致明诚。明诚叹赏，自愧弗逮，务欲胜之。一切谢客，忘食忘寝者三日夜，得五十阕，杂易安作，以示友人陆德夫。德夫玩之再三，曰："只三句绝佳。"明诚诘之，答曰："莫道不消魂，帘卷西风，人比黄花瘦。"正易安作也。（伊世珍《瑯嬛记》）

【译文】

李易安将她写的《醉花阴·重阳》词寄给她丈夫赵明诚看。明诚很欣赏赞叹，自愧不如，也想要做几首胜过她。于是谢绝一切来客，废寝忘食地写了三天三夜，作成了五十首，将易安的词夹杂于其中，拿去给朋友陆德夫看。德夫反复地玩味这些词后说："只有三句写得非常之好。"明诚问他是哪三句，他回答说："莫道不消魂，帘卷西风，人比黄花瘦。"恰好就是李易安写的。

点评

元人伊世珍《瑯嬛记》所述的关于这首《醉花阴》词的故事非常有名，为许多书所引录，文字也有改易。但其真实性有两点十分可疑：一、赵明诚是金石家，不以词章名，也未见有词作留世，"三日夜，得五十阕"，殆难置信；二、谓"明诚欲胜之"，亦必非事实，此已有学者指出。但如果事情尚非全部捏造的话，易安"函致明诚"一语，则可说明作此词时，他们夫妻正离别不在一起。

词起头"薄雾浓云"四字，指室内兽炉所焚瑞脑香之烟，在次句中方补明。诗词中常常写到"秋夜长"，这里却说"永昼"（白天长），是为写愁人心态，愁闷无聊，才嫌白昼太长；这与其《声声慢》中"守着窗儿，独自怎生得黑"的意思相同。"佳节又重阳"，不觉又到了倍思亲人的日子，思亲之意虽句中未写，然可从"又"字中细味而得，正如孤居寂寞之意，也只从夜卧纱帐，深夜觉凉中透露出来，措词十分深婉含蓄。作者被推为宋词中婉约派的代表，实非偶然。

换头说"东篱把酒"，此正重阳佳节之事，却是欲消愁解闷、排遣寂寞的行为。"东篱"用陶诗意暗写菊花，先为下文布好局。"黄昏后"，正是愁绪上心之时。"有暗香盈袖"，承上句地点、时间而说，将通常用以写梅的"暗香"二字转用于写菊。当年陶渊明"尝九月九日出宅边菊丛中坐。久之满手把菊，忽值（王）弘送酒至，即便就酌，醉而归"（本传），想易安居士此时亦效前贤之举，故曰"盈袖"；而"满手把菊"又使"人比黄花"成了现成语。最后几句之好处，人已屡屡提及，本毋烦费辞，惟"莫道不"从反面提起自己的黯然心情，自比正面述说更好。盖作者恐人误以为晚来赏菊饮酒，乃出于悠闲自得也。"帘卷西风"九字，自是神来之笔，其好处尤在恰好能为此时此地此女子作最艺术的自我写照。说愁、说瘦，而又能丝毫无损其形象之美感，所以绝妙。毛滂《感皇恩》之"人共博山烟瘦"、程垓《摊破江城子》之"人瘦也，比梅花，瘦几分"、无名氏《如梦令》之"人与绿杨俱瘦"等等，虽亦新巧，然终不及易安佳句之能千古传诵也。

声声慢

　　寻寻觅觅，冷冷清清，凄凄惨惨戚戚。乍暖还寒时候，最难将息①。三杯两盏淡酒，怎敌他、晚来风急？雁过也，正伤心，却是旧时相识。

　　满地黄花堆积，憔悴损，如今有谁堪摘②？守着窗儿，独自怎生得黑？梧桐更兼细雨，到黄昏、点点滴滴。这次第③，怎一个、愁字了得！

【注释】

①将息：休息，保养。唐宋时俗语，今南方方言中仍存在。

②有谁堪摘：无甚可摘。谁，何。

③这次第：这光景，这情形。

【译文】

东寻寻，西找找，不知在寻找什么，四周冷冷清清，境况凄凄惨惨，心中一阵阵悲戚。忽暖忽冷的季节，最难保养好身体了。喝上几杯淡酒，又怎能挡得住傍晚时猛烈的西风呢？天上大雁飞过，正教我伤心，它们都是我从前认识的老朋友啊！

金黄色的菊花落瓣堆积得满地都是，花儿憔悴如此，现在还有什么可摘取的呢？我守着窗口，一个人怎么才能捱到天黑呢？梧桐叶落，再加上下着细雨，到黄昏时，滴滴答答地响个不停，这番光景，只用一个"愁"字怎能形容得了呢！

扩展阅读

此乃公孙大娘舞剑手①，本朝非无能词之士，未曾有一下十四叠字者，用《文选》诸赋格②。后叠又云："梧桐更兼细雨，到黄昏点点滴滴"，又使叠字，俱无斧凿痕。更有一奇字云："守着窗儿，独自怎生得黑？""黑"字不许第二人押。妇人中有此文笔，殆间气也③。（张端义《贵耳集》）

【注释】

①公孙大娘：唐宫廷艺人。开元二年（714），玄宗设教坊于宫廷，命宫女数百人为梨园弟子，习歌舞，公孙大娘以舞

西河剑器浑脱舞著名。张旭见其舞而草书长进；杜甫作诗称："昔有佳人公孙氏，一舞剑器动四方。观者如山色沮丧，天地为之久低昂。"

②《文选》：又称《昭明文选》，南朝梁萧统编选的诗文总集，选录自先秦至梁八百年间的各体文章，共752篇，129家，对后世很有影响。

③间气：古人以为杰出人物乃禀天地特殊之气，间世而出，故称为"间气"。

【译文】

　　这可谓公孙大娘那样的舞剑高手。本朝并非没有能填词的，只是不曾有敢连用十四个叠字的人，这用的是《昭明文选》中那些赋的格调。后阕又说："梧桐更兼细雨，到黄昏、点点滴滴"，还用叠字，都没有人为的斧凿之痕。还有用一个奇字的，说："守着窗儿，独自怎生得黑？"这"黑"字，简直没有第二个人能用来押韵。女子之中有如此文笔，大概是秉承了天地间特殊的灵气吧！

点 评

　　在李清照的全部词作中，最有名的大概无过于这首《声声慢》了。此词所表现的凄苦愁绪，已非入选的前两首词可比，其强烈的程度，几乎可谓是墨与泪俱，一片哀音。这种变化，实在是现实生活的改变所造成的。

　　靖康之变，在使北宋王朝覆灭的同时，也给李清照的个人生活带来了巨变，她的身心都遭受了极大的痛苦。故乡陷落，青州老家付之一炬。南渡后的次年，丈夫赵明诚又因病亡故，结束了伉俪恩爱的生活。继而金兵南下，她孤身一人流亡于浙南，所有藏书和财产也都在逃难中丢失了。经此浩劫，其凄苦悲愁的心境自不难想象，反映在词作中，便有了这首《声声慢》。

词起头三句，连用十四个叠字，令后人赞叹不绝，或谓"真如'大珠小珠落玉盘'也"（《词苑丛谈》）；或谓"超然笔墨蹊径之外，岂特闺帏，士林中不多见也"（《花草新编》）；也有称之为"公孙大娘舞剑手"的（《贵耳集》）；也有说"庶几苏、辛之亚"的（《历朝名媛诗词》）。又有作词拟句，纷纷刻意增多叠字而效颦的，如乔梦符之《天净沙》之类（今杭州孤山"西湖天下景"亭柱上"水水山山处处明明秀秀，晴晴雨雨时时好好奇奇"的对联亦属此类）；弄姿作态，俗气逼人，无怪陈廷焯斥之为"丑态百出"（《白雨斋词话》）。李清照这三句虽亦有意为叠字，以合此慢调"声声"之名，但毕竟是在写她自己追思往事时的心理过程，且能把自己惘然若失的举止、寂寥处境的感受和悲从中来的心态，写得细腻生动、层次分明而又极其自然。因而与猎奇卖俏、只着眼于叠字表面效果者，不可同日而语。

接着先说忽冷忽热的季节容易生病，使人感觉到她身体单薄、是多愁所致，心情恶劣，又总怨天气。借酒暖身，岂能敌晚风凛冽；见雁南归，又勾起往事无数。黄花委地，憔悴而不堪摘的，是花是人，已难分解。"有谁堪摘"的"谁"，是"何"的意思，与指人者异义。"守着窗儿，独自怎生得黑？"语同白话，却生龙活虎。难怪张端义要说"此'黑'字不许第二人押"（《贵耳集》）。"梧桐"以下，愈出愈妙，一片神行。"点点滴滴"四字，与发端十四叠字相照应，更见字声之讲究，乃词调声情与内容文情的需要。

岳飞一首

岳飞（1103—1142）：字鹏举，相州汤阴（今属河南）人。宣和四年（1122）从军，屡立战功。南渡后，又屡败金兵。被秦桧以"莫须有"罪名杀害。追谥武穆，后又追封鄂王，改谥忠武。后人辑有《岳忠武王文集》。

满江红

怒发冲冠①，凭栏处、潇潇雨歇。抬望眼、仰天长啸，壮怀激烈。三十功名尘与土②，八千里路云和月③。莫等闲、白了少年头，空悲切④。　　靖康耻⑤，犹未雪，臣子恨，何时灭？驾长车、踏破贺兰山缺⑥。壮志饥餐胡虏肉，笑谈渴饮匈奴血⑦。待从头、收拾旧山河，朝天阙⑧。

【注释】

①怒发冲冠：《史记·廉颇蔺相如列传》："相如因持璧，却立，倚柱，怒发上冲冠。"

②三十：岳飞被害时，年仅四十，此时应刚过三十岁。　尘

与土：指风尘仆仆，四处奔走。岳飞《题翠微亭》诗："经年尘土满征衣。"

③八千里路：说转战过的路程，是约数。　云和月：意即披星戴月。

④"莫等闲"二句：汉乐府《长歌行》："少壮不努力，老大徒伤悲。"

⑤靖康耻：靖康元年（1126），金兵攻破汴京；次年，掳徽、钦二帝北去，北宋灭亡。

⑥"驾长车"句：意谓北上直捣敌人的巢穴。长车指战车。贺兰山，在宁夏，河套以西，时属西夏，西夏与南宋并无战争。岳飞有"直抵黄龙府，与诸君痛饮耳"（本传）的话，黄龙府在吉林，为金国老巢所在。贺兰山与黄龙府，一西一东，中隔辽宁、河北、山西、陕西诸省，相距千里。缺，山口。

⑦饥餐胡虏肉、渴饮匈奴血：谓同仇敌忾。《汉书·王莽传》："中校尉韩威进曰：'以新（王莽之国号）室之威，而吞胡虏，无异口中蚤虱，臣愿得勇敢之士五千人，不赍斗粮，饥食虏肉，渴饮其血，可以横行。'"

⑧朝天阙：朝见皇帝。天阙，皇帝住的宫殿。

【译文】

　　我愤怒得头发直竖，几乎戴不住帽子。靠着栏杆的当儿，哗哗作响的雨渐渐地停了下来。我抬头遥望，仰面天空，纵声长啸，胸中的豪情剧烈地起伏回荡。三十多岁了，为了建立功名，总是四处奔波，一身尘土；转战八千余里，起早落夜，随伴着我的只有浮云和月亮。切莫让自己年轻的头发轻易地变白，到那时再悲伤也来不及了。

　　靖康年间蒙受的国耻，至今尚未洗雪；身为臣子，我心中的愤恨，何时才能消除？我要驾着战车，长驱北上，直捣敌巢。怀着与敌寇誓不两立的壮志，我恨不得食异族侵略者的肉来充饥，谈笑间拿那些恶魔的血来解渴。等到重新把昔日的大好河山都一一收复之后，我再去朝见皇帝。

✎ 扩展阅读 ✎

何等气概！何等志向！千载下读之，凛凛有生气焉。"莫等闲"二语，当为千古箴铭。（陈廷焯《白雨斋词话》）

❦ 点 评 ❦

此词虽万口传诵，却不见于宋人的任何记载。最早提到它的是明人著作，故有学者认为它是明人托名岳飞所作。余嘉锡《四库提要辩证》首先提出这个问题。恩师夏承焘（瞿禅）作《岳飞〈满江红〉考辨》更详其说。主要理由有两条：一、岳飞之孙岳珂编集《金陀萃编》及《经进家集》，遍录岳飞之诗文奏章，并无《满江红》词；二、词中"踏破贺兰山缺"与史实不符（见正文注释⑥）。故瞿禅师《论词绝句》有云："黄龙月隔贺兰云，西北当年靖战氛。"又云："八卷鄂王家集在，何曾说取贺兰山。"

此词以岳飞手书形式刻于杭州岳坟石碑上，大概能使更多人信以为真。所谓岳飞手书墨迹，世上所见太多，有他龙飞凤舞、一字不缺的行草全文的诸葛亮《出师表》，《满江红》词，除这首外，竟还有一首"遥望中原"；此外，勒石刻碑的他的诗文书札也琳琅满目，一律都有岳飞署名。这不禁令人生疑：真有那么多的岳飞真迹吗？

信此词为真者，对"踏破贺兰山缺"句辩曰：是用事，非实指其地。所谓用事，却是当代之事。宋人笔记《湘山续录》："（神宗）时天下久撤边警，一旦元昊以河西叛，朝廷方羁笼关中豪杰，（姚）嗣宗题二诗于驿壁有'踏碎贺兰石，扫清西洛尘。布衣能效死，可惜作穷鳞'之句。"以为即用此事。其实，使事用典，要看宜与不宜。比如说"靖康耻"这样的事，便不宜用天宝安史之乱或别的更轻更冷的史事来指代；打金国的"直捣黄龙府"，也不宜说成是征西夏的"踏破贺兰山"。姚诗"踏碎贺兰石"就是针对"河西叛"而实指其地的。后代文人拟作岳飞词时，不察地理方位的不同（《满江红》刻碑纪年的明弘治年间，明军曾大破鞑靼侵略军于贺兰山），遂信手移用耳。

再如本文注释中所引"饥食虏肉，渴饮其血"之语，本是韩威助长篡位的奸雄王莽政权威风的话。"精忠报国"刺背的岳飞，是否会借取这些话来填词，实在也大成问题。

此词风格可用"仰天长啸，壮怀激烈"八字来形容。在岳飞年代，如后来张孝祥、陈亮辈剑拔弩张之粗豪词作还很少见。再说，现实中真正的英雄，"平日乃与常人同"（陆游句），并非开口都说豪言壮语的。岳珂编《金陀萃编》所收岳飞唯一真作《小重山》词，风格便与此词明显不一样。词云：

昨夜寒蛩不住鸣，惊回千里梦，已三更。起来独自绕阶行，人悄悄，帘外月胧明。　　白首为功名，旧山松竹老，阻归程。欲将心事付瑶筝，知音少，弦断有谁听？

这里没有同仇敌忾的义愤、豪气干云的大言，也没有对少年进行及时努力、自强不息的教育，相反的倒能从中窥见他内心的寂寞、苦闷和凄凉。也许你觉得他不太像一位民族英雄，但这却是真正的岳飞。

当然，作为拟作，《满江红》还是相当成功的。我之所以说它是拟作而不说它是伪作，是肯定拟作者的创作动机是好的，他更像是在运用文学艺术创作中的想象和虚构，而不是为了制造一种假冒名牌的商品。拟作者一定是非常敬仰和热爱岳飞的，他想通过岳飞自抒胸怀的方式来塑造一位自己心目中"忠义凛凛令人思"（陆游句）的爱国英雄形象，这实在没有什么不对。正因为动机如此，才收到了应有的社会效果。

张孝祥一首

张孝祥（1132—1169）：字安国，号于湖居士，历阳乌江（今安徽和县）人。绍兴二十四年（1154）廷试第一。孝宗朝，累迁中书舍人、直学士院，领建康留守。徙荆南湖北路安抚使，进显谟阁直学士致仕。其词声律宏迈，风格豪放，开南宋爱国壮词之先。有《于湖词》。

念奴娇

过洞庭

洞庭青草①，近中秋，更无一点风色。玉界琼田三万顷②，着我扁舟一叶。素月分辉，明河共影，表里俱澄澈。悠然心会，妙处难与君说。

应念岭海经年③，孤光自照，肝胆皆冰雪④。短发萧骚襟袖冷⑤，稳泛沧浪空阔。尽挹西江⑥，细斟北斗⑦，万象为宾客⑧。扣舷独啸，不知今夕何夕⑨。

【注释】

①洞庭青草：皆湖名。青草湖在洞庭湖之南，二湖相通，总称洞庭湖。

②玉界琼田：形容月照湖水的皎洁。

③岭海：两广之地，北靠五岭，南临大海，故称岭海。作者曾任广南西路经略安抚使，因罢官离开桂林。

④"孤光"二句：借在月光照耀下，肝胆晶莹洁白，说自己心地光明，襟怀磊落。

⑤萧骚：疏稀。

⑥挹（yì）：以器皿汲取。　西江：西来的长江。

⑦细斟北斗：将北斗星座当作舀酒的酒杓来取饮。《楚辞·九歌·东君》："援北斗兮酌桂浆。"

⑧万象：宇宙间万物。

⑨"不知"句：对良辰美景的赞叹语。《诗经·唐风·绸缪》："今夕何夕，见此良人。"又苏轼《念奴娇·中秋》词："起舞徘徊风露下，今夕不知何夕。"

【译文】

　　洞庭湖连着青草湖，正是中秋前夕，湖上再也见不到一丝风儿、一朵云彩。湖面如平铺着三万顷琼玉的田地，只飘浮着我的一叶小舟。明月将它的银辉分成天上与水中，银河也在湖上投下了它的倒影，无论是天空或水里，都只见一片空明澄澈。我悠闲地领略着这奇异的境界，其妙处实在难以用语言来向您表述。

　　于是我想到曾在岭外海滨的广西度过了一年。那时，孤月照我襟怀，我的一腔肝胆都像冰雪那样洁白透明。如今鬓发短而疏稀，衣衫冷而单薄，却安稳地行舟于这浩渺无际的水面上。我要把西来的长江水都舀来当酒，用北斗星座作为酒器来细斟慢酌，让宇宙间的万物都充当我的客人。我一边拍打船舷，一边独自长啸，也不知今夜是怎样的夜晚。

❧ 扩展阅读 ❧

　　飘飘有凌云之气①，觉东坡《水调》犹有尘心②。（王闿运《湘绮楼词选》）

【注释】

①"飘飘"句：《史记·司马相如列传》："相如既奏《大人》
　之颂，天子大悦，飘飘有凌云之气。"形容得意的样子。
②《水调》：指《水调歌头》（明月几时有）一首。　尘心：
　世俗的心态。

❧ 点 评 ❧

　　乾道元年（1165），张孝祥出知静江府（今广西桂林），兼广南西路经略安抚使。次年（1166）六月，因遭谗落职，北归途中，经过洞庭湖时，已是近中秋的夜晚。他将泛舟洞庭之所见所感，写成了此词。

　　上片写近中秋夜，明月照在洞庭湖上的景象。星月映湖，水天一色，上下交辉，一片空明。"玉界琼田三万顷，着我扁舟一叶"，其意境颇似苏轼前《赤壁赋》之"驾一叶之扁舟，凌万顷之茫然"。作者身临这大自然的奇妙境界，惊讶之余，不禁"悠然心会"，精神上获得了一种涤净尘俗污垢，泯灭心头得失而得以超脱解放的感受。"妙处难与君说"，在这里以虚笔作赞叹语，最是灵活。

　　下片结合湖光月色，咏怀抒情。逸兴遐思，自然而出，无一字拘板粘泥。"孤光自照，肝胆皆冰雪"九字，竟能不脱景物而说出"岭海经年"的遭遇，并一洗谗言，十分自负地表明自己心地操行的清纯洁白。"短发"二句，也将遭际的不幸与内心的泰然结合在一起，大有"任凭风浪起，稳坐钓鱼船"的意味。"尽挹"三句，更运用浪漫的夸张手法，化江水为美酒，执北斗以细斟，让天地间的万物都来充当入席的宾客，而自己则是这个大自然中最盛大宴会的主人。想象之奇特，境界之阔大，将李白"举杯邀明月，对影成三人"的意境又发展了一步，充分表现了作者的坦荡胸怀和豪迈气概。歇拍两句，狂放飘逸，已入物我两忘之境，足以与东坡词争胜。

陆游 三首

陆游（1125—1210）：字务观，号放翁，越州山阴（今浙江绍兴）人。曾入蜀，赴陕川，入王炎、范成大幕府，诏修国史，晚年闲居故里。为南宋伟大爱国诗人，存诗近万首，词也颇有成就。有《剑南诗稿》《渭南文集》《放翁词》。

钗 头 凤

红酥手①，黄滕酒②，满城春色宫墙柳。东风恶，欢情薄。一怀愁绪，几年离索③。错！错！错！　　春如旧，人空瘦，泪痕红浥鲛绡透④。桃花落，闲池阁。山盟虽在⑤，锦书难托⑥。莫！莫！莫⑦！

【注释】

①红酥手：形容手的红润白嫩。

②黄滕（téng）酒：一种名酒。或谓即黄封酒，以黄纸黄绢封口，是当时的官酒。

③离索：离散。

④浥（yì）：打湿。 鲛绡（jiāo xiāo）：传说中鲛人（美人鱼）所织的丝绢，后作手帕的别称。

⑤山盟：盟誓如山不可移易，故称山盟。

⑥锦书：传情的书信。典出《晋书·窦滔妻苏氏传》：窦滔远徙，妻苏蕙织锦为回文诗，以寄思念之情。

⑦莫莫莫：罢了，罢了！亦即古诗"弃置勿复道"意。又前人称落寞、没精打采的样子为"错莫"，如李白《赠别从甥高五》诗："三朝空错莫，对饮却惭冤。"杜甫《瘦马行》："失主错莫无晶光。"此词或有意将"错莫"一词分用于上下片而兼含其意。

【译文】

白里透红、柔嫩如酥油的手，捧着黄绢封口的好酒，前来款待我，那正是古老的宫墙旁杨柳青青、满城一片春色的时候。只可恨东风太可恶了，吹破了我们欢乐而短暂的梦境。于是满怀愁绪地分离，一别就是好几年，真是极大的错误啊！

眼前春天还是老样子，人却徒然地消瘦了，沾着胭脂的泪水湿透又染红了手帕。桃花落了，飘散在这寂寂的池塘楼阁间。海誓山盟虽然仍在耳畔心头，可像古人织锦回文诗那样的情书，却难以托人捎带啊！唉，别提了，还是算了吧！

🍂 扩展阅读 🍂

余弱冠客会稽①，游许氏园，见壁间有陆放翁题词云（略）。笔势飘逸，书于沈氏园，辛未三月题②。放翁先室内琴瑟甚和③，然不当母大人意，囚出之。夫妇之情，实不忍离。后适南班士名某④，家有园馆之胜。务观一日至园中，去妇闻之，遣遗黄封酒、果馔，通殷勤。公感其情，为赋此词。其妇见而和之，有"世情薄，人情恶"之句⑤，惜不得其全阕。未几，怏怏而卒。闻者为之怆然。此园后更许氏。淳熙间⑥，其壁犹存，好事者以竹木来护之，今不复有矣。（陈鹄《耆旧续闻》）

【注释】

①弱冠：弱，年少。古代男子二十岁行冠礼，故以弱冠指男子二十岁左右的年龄。

②辛未：绍兴二十一年辛未（1151），陆游二十七岁。后周密《齐东野语》记其事，谓题壁"实绍兴乙亥岁（1155）也"，则陆游为三十一岁。以陆游自己回忆此事的诗印证，以陈鹄所记为是。

③琴瑟甚和：夫妻感情很好。语出《诗经·周南·关雎》。

④南班士：皇族子弟中的读书人。宋仁宗祭南郊时，大赐皇族子弟，谓之南班。　名某：此未言名字。后周密所记，

则称陆游初娶唐氏，离异后，唐氏改嫁给同郡宗人赵士程。

⑤"世情薄，人情恶"之句：应是此词调中的第四五句，乃步韵之作；后来好事者不察，将其用之于伪托唐琬和词之发端，另用平韵作结。

⑥淳熙：宋孝宗年号，自元年至十六年，为公元1174—1189年。

【译文】

我二十来岁时到过会稽，游过许氏园，见过墙壁上有陆放翁题写的《钗头凤》词。字迹飞动，笔势飘逸，写在沈氏园里；所署时间为"辛未三月"。放翁与他前妻之间感情很好，但是婆婆不满意她，结果就被休弃了。以他们夫妻感情而言，实在是不忍分离的。后来前妻就改嫁给了皇族子弟中的某位士人。士人的家里有景致极好的园林馆舍。陆务观有一天到园中去，前妻知道后，就派人送去黄封酒和果品菜肴，以表达自己的一番心意。陆游感动而又感慨，就写了这首词。前妻见了后还和了一首，据说有"世情薄，人情恶"的话，可惜得不到她的全词。不久，她就郁郁不乐地死去了。听到这件事的人，都心里很难受。这个园林，后来更换了主人，给了姓许的。淳熙年间，那墙壁还在，喜欢此类故事的人便用竹子木料做成框子，将它保护起来，今天已经不再有了。

🐏 点 评 🐏

这是陆游所存诗词中最早的作品，是他年轻时在山阴游沈氏园遇故妻唐氏感而所作。据不同记载，当在绍兴二十一年（1151）至二十五年（1155）之间。记其事的有同时人陈鹄，以后又有周密和刘克庄。

词一开头，写的就是邂逅沈园，唐琬为前夫陆游奉酒肴事。有人曾因"红酥手"词艳，谓与前妻身份不称，疑此词为放翁在蜀时赠妓之作，实不足为据。杜甫陷贼时，思念妻子，也用"香雾云鬟""清辉玉臂"等艳词，此正恋人之常情。又以为锦城有蜀王宫，故称"宫墙"。绍兴同样也是古越国都城，宋高宗还一度以此为行都，故用"宫墙"并无不妥。第三句写眼前景物，以添依依之情。春光之美好，与幸福欢乐的回忆相连，故能转折到"欢情薄"，且又关合下片物是人非意。婆媳间的矛盾，陆游是有是非倾向的，但不敢明言实说，只能用"东风恶"指代，说是东风断送了春光。笔墨之外，自能看出他的抗议与悲愤。"一怀愁绪，几年离索"八字，也只与说本为伉俪、今已仳离者相宜，若用于赠妓之类，便不合榫。上片末叠三"错"字，憾恨无尽。

下片起"春如旧"三字，呼应上片，带出"旧"时必有共赏春光之乐事；折入此日玉容寂寞，泪痕阑干，别后之内心痛苦，自不待言。再接以"桃花落，闲池阁"景语，又深一层，令人想见他日薄命人之遭遇也必如落花之可怜。"山盟虽在"，枕间曾发千般愿；"锦书难托"，从此萧郎是路人。以"莫、莫、莫"作结，呜咽之声如闻。词中述事、抒情、写景三者结合得极妙，彼此能起到相互补充、渗透的作用。

与唐琬的婚姻悲剧给陆游造成的心灵创伤，一生未能愈合。他此后还写了不少追念此事的诗，如他六十八岁时，曾作诗，其题记便云："禹迹寺南有沈氏小园，四十年前尝题小阕壁间（与陈鹄所记时间相合）。偶复一到，而园已易主，刻小阕于石，读之怅然。"七十五岁还写了两首十分著名的《沈园》绝句；直至八十岁还作《春游》诗说："沈家园里花如锦，半是当年识放翁。也信美人终作土，不堪幽梦太匆匆。"至死不渝的爱情，感人至深。

诉衷情

当年万里觅封侯^①，匹马戍梁州^②。关河梦断何处？尘暗旧貂裘^③。　胡未灭，鬓先秋^④，泪空流。此生谁料，心在天山^⑤，身老沧洲^⑥！

【注释】

①"当年"句：指自己在汉中（今陕西南郑）时的从军生活。觅封侯，用东汉班超典故，说建功立业。王昌龄《闺怨》诗："悔教夫婿觅封侯。"

②梁州：古陕西地。

③"尘暗"句：身上的貂皮袍积满灰尘，仍没有机会建功立业。用战国苏秦潦倒时貂裘破旧典故。

④秋：作衰白解。

⑤天山：即祁连山，在新疆。这里喻指边疆。

⑥沧洲：犹言江湖，隐士居住处。

【译文】

　　当年远赴西北，行经万里，到达陕南汉中，雄心勃勃地只想为国建功立业，我独自跨下了战马，戍守在那古梁州之地。扬鞭于关山大河的梦想，不知在何处忽然就破灭了，旧的貂皮战袍上已积满了灰尘。

　　敌人尚未消灭，鬓发先已衰白，热泪空自横流。怎能料得到我这一生，居然心儿远远地留在边疆，身子却只能老死于江湖呢！

 扩展阅读

　　杨用修云①："放翁词纤丽处似淮海②，雄慨处似东坡。"予谓超爽处更似稼轩耳③。（毛晋《放翁词跋》）

【注释】

①杨用修：杨慎（1488—1559），字用修，号升庵，明代文学家，著述极富，有《升庵集》。

②淮海：秦观，号淮海居士。

③稼轩：辛弃疾，号稼轩。

　　陆游中年入蜀，通判夔州，次年加入当时主战派王炎的幕府，从后方调至陕西南郑的宋金前线，心情十分兴奋。那段时间虽不长，但军中的生活却十分丰富，他纵马奔驰各地巡视，了解民意，收集敌情，积极备战，以图恢复。可惜南宋小朝廷以投降求和为既定国策，他的报国理想终难实现。不久，王炎被召回，幕府解散，陆游重新回到四川，数年后又离蜀东归。经再起再落，几度沉浮，终至长期退居山阴。这首《诉衷情》词，即作于其隐居之后，具体写作年月不详，原有两首，此其一。

　　陆游回顾当年从戎陕南的情景，想到敌人未灭，而自己白发已上头了，纵有一腔报国热情，命运却只让自己老守山林，闲吟风月，不禁感慨悲怆。词多用对仗排比句法，如"胡未灭，鬓先秋，泪空流"，以及"心在天山，身老沧洲"等，声调和谐，韵味悠长，极有艺术感染力。调名《诉衷情》，陆游似乎是有意识地要让词调的名称同时充当题目来用。不是吗，词中要倾诉的不正是诗人的衷情？

卜算子

咏 梅

驿外断桥边^①，寂寞开无主^②。已是黄昏独自愁，更着风和雨。　　无意苦争春，一任群芳妒。零落成泥碾作尘，只有香如故。

【注释】
①驿：古代官办的交通站。
②无主：不属于谁，没有人过问。

【译文】

　　在驿站外，断桥边，梅花寂寞地开放，无人过问。已到黄昏时分，它正独自发愁，谁料又横遭风雨的摧残。

　　它并不想苦苦地与百花争奇斗艳，抢占春光，也任凭它们的妒忌。它凋谢了，飘落在地上成了泥土，又被车轮碾作了灰尘，只有那股清香还和原来一样。

扩展阅读

　　雪虐风饕愈凛然①，花中气节最高坚。
　　过时自合飘零去②，耻向东君更乞怜③。
　　　　　　　　　　　　　（陆游《落梅》二首之一）

【注释】

①雪虐风饕（tāo）：冰雪肆虐，寒风逞威。饕，本是传说中凶猛的野兽，借此形容风势凶猛。

②自合：自应；本该。

③东君：春神，主管花木生长。这里借喻朝廷，说自己虽困居山乡，被闲置无所用，但耻于向当权者乞怜。

【译文】

　　风雪肆虐逞凶时愈显得忠义凛凛，
　　百花之中要数它的气节最崇高坚定。
　　既然过了季节自应凋谢飞散而去，
　　耻于向掌管群芳命运的春神再乞求怜悯。

点　评

　　陆游平生喜爱梅花，梅花傲雪斗霜，不畏艰难的品格，尤为其所推重。他写的梅花诗词很多，各具特色，这首咏梅词便是很有代表性的一首。他寄情托志，借梅花来道出自己的遭遇、志趣和操守。

开头两句写梅花在驿站外的断桥边上，孤零零地开着，无人过问。这是感叹梅花虽天生丽质，却寂寞无闻而又所处非地；"驿外""桥边"，不仅烘托了环境的荒凉，还早为结尾一"碾"字伏线。接着两句再加深一层渲染，到了黄昏时分，已独自生愁，谁料又遭一场风雨的摧残，更显示梅花所遇非时。这样，词从两个角度突出梅花生长环境的恶劣和遭遇的不幸。句句写梅花，却字字反映陆游自己的生活感受。陆游在南宋是坚决的主战派，在当时备受猜忌、排挤和打击；曾被罢官，长期隐居家乡山阴，和那梅花一样，被投闲置散，无所用世。光阴虚度，英雄落寞，一腔悲愤，万千感慨，借吟咏梅花的遭遇而叙出。

上片既写梅花的处境，下片转为抒发它的志趣情操。梅花盛开于冰封雪飘的季节，不像桃李那样须待迟迟春日、熙熙和风送暖，然后才开。诗人抓住梅花早于群芳这一特点，拟人化地说，它并不想在春天里与百花争奇斗艳，也任凭百花妒忌它暗香疏影的绝世风姿和高贵品格。借花述志，说自己无意于在官场上追名逐利、争权邀宠，只想为朝廷抗金复土出谋献策，但却受到一些主和的、保守的以及妒贤忌才者的排挤打击。诗人虽屡遭弹劾黜降，被置闲冷落，却能如野鹤闲云，清贫度日，并不向人求援乞怜，个人的荣辱得失不系于怀。

词的末尾，把对梅花坚贞品格的歌颂，推向了高潮。梅花飘零落地，即使被驿外过往车马辗成碎片，变成灰尘，但其芳香依然留存，尘土间也会飘浮着一股梅花的清香。陆游一生所抱定的爱国志向和政治节操，并没有因为受到迫害而有一丝更改，反老而弥坚。在这里"零落成泥辗作尘"一句，与发端遥相呼应，所以叙来毫不突兀，读起来却能见出诗人"宁为玉碎，不为瓦全"的决心和悲壮气氛。

词虽然有一些自悼自伤的低沉情调和孤芳自赏的清高意味，但置于当时的历史背景来看，是不能苛求诗人的。诗人有两句历来传诵的诗说："志士凄凉闲处老，名花零落雨中看。"（《病起》）与此词可谓出于同一机杼。它揭示了那种社会政治制度下报国无门、英雄末路的时代悲剧。仅此一点本身，就具有十分积极的意义。

范成大一首

范成大（1126—1193）：字致能，号石湖居士，吴郡（今江苏苏州）人。绍兴二十四年（1154）进士。曾出使金国，全节而归。任四川制置使。累官吏部尚书，拜参知政事。晚年退居家乡石湖。以田园诗最擅长。与陆游、杨万里、尤袤并称"南宋四大家"。有《石湖集》《揽辔录》等。

忆 秦 娥

楼阴缺，阑干影卧东厢月。东厢月，一天风露，杏花如雪。　　隔烟催漏金虬咽①，罗帏暗淡灯花结。灯花结，片时春梦，江南天阔。

【注释】

①金虬（qiú）：铜龙。虬，无角龙。计时的漏壶下端制成铜龙，水自龙口滴出，看刻度知时。

【译文】

楼阴缺处，栏杆的影子静静地躺在东厢房前，空中皓月一轮。月儿照东厢，满天露冷风清，杏花洁白如雪。

　　隔着烟雾，听催促时光的漏壶下，铜龙滴水，声如哽咽。厢房里帷幕昏暗，灯儿结了花。灯儿结了花，我只做一会儿春梦，便游遍了辽阔的江南。

扩展阅读

　　石湖词音节最婉转，读稼轩词后读石湖词，令人心平气和。（陈廷焯《白雨斋词话》）

点　评

　　《忆秦娥》又名《秦楼月》，在范成大集子中共有五首，内容都写春闺怀远，构成了组词；此其四，表现春夜情思。
　　上片写楼外月色夜景。月光向东厢投下栏杆的影子，则月已偏西，夜已深沉。"东厢月"三字，按词牌格式规定，须重出；后出三字属下句，则浩然风露，似雪杏花，尽被包容在这月光下银色的世界里。"杏花"，为点季节，也是春夜外景迷人画面的主体，青春寂寞之怜惜情绪，已暗暗蕴含其中，同时又为下片写闺阁愁思不眠，先作环境和心情的烘染。

下片换头先就写漏声，暗示人之不寐，以人之哽咽形容更漏，其用意却是借漏声反映人之心绪。"隔烟"二字，是睡眼朦胧景象。"罗帏"，点清是写闺中事。"暗淡"，既状物，也状心境。"灯花结"，固可说"孤灯挑尽未成眠"，也能借此暗示女子的期盼心态。因为古人以为结灯花（或称"灯爆"）是喜事之兆，故诗词曲中多用以写期盼。重复"灯花结"三字时，便连下说她因期盼而得到"片时春梦"。岑参《春梦》诗："枕上片时春梦中，行尽江南数千里。"石湖词末了两句，正隐括其意（隐括唐诗是宋词中的惯例）。原来所谓喜兆，只不过是片刻的幻梦啊！此词用语极含蓄，全篇无一字言情，却又处处有情。写来怨而不怒，哀而不伤。

辛弃疾 十二首

辛弃疾（1140—1207）：字幼安，号稼轩，历城（今山东济南）人。二十一岁时，在金人所占的山东聚义抗金，旋渡江归南宋。授江阴签判，任满漫游吴楚各地，又任建康通判，后历任湖北、江西、湖南、福建、浙东安抚使等职，坚决主张抗金，曾长期落职闲居江西上饶一带。存词六百多首，艺术成就极高，风格多样而以豪放为主。与苏轼并称"苏辛"，是南宋伟大的爱国词人。有《稼轩长短句》，诗文大多散佚。

清平乐

村　居

茅檐低小，溪上青青草。醉里吴音相媚好①，白发谁家翁媪②？　　大儿锄豆溪东，中儿正织鸡笼。最喜小儿无赖③，溪头卧剥莲蓬。

【注释】

①"醉里"句：在醉中听得人用吴地土语讲话，语调亲昵悦耳。吴，今江苏一带。

②媪（ǎo）：老妇人。

③最喜：最有趣，最可爱。一说是翁媪最宠爱的，亦可通。

　无赖：无聊，在这里是调皮偷懒的意思。

【译文】

　　茅草小屋屋檐低低的，筑在一条清溪旁，水边草色青青。我在醉中听到有人用吴地土语在说话，声调是那么亲昵悦耳，原来是不知谁家的老头儿和老婆子。

　　他们的大儿子在溪东给豆地松土；二儿子正在用竹篾编织着鸡笼；最有趣的是小儿子，他调皮偷懒，躺在溪边草地上剥着莲蓬吃。

扩展阅读

　　稼轩雄深雅健①，自是本色，俱从南华、冲虚得来②。然作词之多，亦无如稼轩者，中调、短令亦间作妩媚语。观其得意处，真有压倒古人之意。（邹祗谟《远志斋词衷》）

【注释】

①雄深雅健：韩愈评柳宗元文章说："雄深雅健，似司马子长。"（《新唐书·柳宗元传》）司马迁，字子长，曾为太史令，自称太史公。辛弃疾《沁园春》词："我觉其间，雄深雅健，如对文章太史公。"

②南华、冲虚：《庄子》作者庄周和《列子》作者列御寇的封号。《旧唐书·玄宗纪》："天宝元年，庄子号为南华真人，文子号为通玄真人，列子号为冲虚真人，庚桑子改为洞虚真人；其四子所著书，改为真经。"

【译文】

　　辛稼轩的词雄深雅健，这原是他的本色，都是从庄子、列子那里学来的。但平生所作词之多，也是没有人能与他相比的。他的中调、小令，也偶尔有写得很妩媚的。看他的词中得意的地方，真有能超过古人的意境。

点　评

　　这首词是辛弃疾早年初任江阴签判（帮办文书刑事的八品小官）任满离职后，漫游吴楚各地，夏天在吴中所作。

　　词不用典故，以白描手法勾勒江南风光、吴地景物，流畅自然，鲜明清新。"醉里"两句，不但写出吴地语言软媚，农村老年夫妇和睦相亲的特点，也能生动地表达出作者的感受。在久居北方沦陷区后，初次来到南方农村，本来一切都觉得新鲜，何况又喝过几杯酒而有点飘飘然的时刻，自然兴致更好。两句用的是倒卷笔法：未见其人，先闻其声，及见其人，又出乎意料——讲这样柔和的话的人，竟是一对白发老人。"谁家"两字，尤能表现自己这种喜悦的心情。

　　汉乐府有《相逢曲》："大妇织绮罗，中妇织流黄（黄色的绢）；小妇无所为，挟瑟上高堂。"写的是一夫多妻制的封建家庭生活，内容似无可称道，但辛弃疾却能取这种民歌排比句法之所长，推陈出新，创造性地用以写一个农村家庭的生活。而野外豆苗，门前鸡群，水面风荷，江南山村的风物景色，皆从人物的行动中一一带出；其中特别是写躺在溪边卧剥莲蓬吃的小儿情态，尤栩栩如生，跃然纸上。这是从自身现实生活的体验出发，又善于借鉴前人艺术经验的成功的例子。

水 龙 吟

登建康赏心亭①

　　楚天千里清秋②，水随天去秋无际。遥岑远目③，献愁供恨，玉簪螺髻④。落日楼头，断鸿声里，江南游子。把吴钩看了⑤，阑干拍遍，无人会、登临意。　　休说鲈鱼堪脍，尽西风、季鹰归未⑥。求田问舍，怕应羞见，刘郎才气⑦。可惜流年，忧愁风雨，树犹如此⑧！倩何人⑨、唤取红巾翠袖，揾英雄泪⑩。

【注释】

①赏心亭：在建康（今江苏南京）下水门城上，下临秦淮河，当时名胜，今废。

②楚天：春秋时，长江中下游属楚国，故称楚天。

③遥岑远目：极目眺望远山。

④玉簪螺髻：比喻山的形状。

⑤吴钩：古代吴地所制的一种弯头刀，后也泛指刀剑。

⑥"休说鲈鱼"三句：晋人张翰，字季鹰，在洛阳做官，见秋风起，因思吴中莼菜羹、鲈鱼脍，遂弃官回家。见《世说新语·识鉴》。

⑦"求田问舍"三句：三国时，许汜（fàn）对刘备说，陈元龙很无礼，他自己睡大床，却让我这个客人睡下床。刘说，今天下大乱，正应忧国忘家，你却问田求舍，无大志，元龙实在不屑与你谈话；若是我，我会自己睡到百尺楼上，让你睡到地下，岂止上下床的分别而已。见《三国志·陈登传》。

⑧树犹如此：东晋时，桓温北征，路过金城，见前手种柳树皆已十围，慨叹说："木犹如此，人何以堪！"泫然流泪。见《世说新语·言语》。意即人生易老。

⑨倩：烦，央求。

⑩揾（wèn）：以物浸水叫揾。这里即揩拭意。

【译文】

　　楚地的秋天千里清朗，江水随着蓝天远去，秋色无边无际。眺望远处的峰峦，有的像碧玉簪，有的像青螺髻，它们惹起我无穷的愁和恨。在落日返照的楼台上，在孤飞大雁的叫声里，站立着我这个来江南漫游的客子。我把佩刀抽出来看了又看，万分感慨地拍遍了所有的栏杆，也没有人了解我登临此地的心意。

辛弃疾十二首

145

别说我像古人那样思念家乡，想回去吃鲈鱼脍之类美味佳肴了，你看，尽管西风在吹，我这个张季鹰有没有回家去呢？我若是为了置田买屋，谋求个人家产，只怕见到像刘备那样雄才大略的人，就该羞愧死了。唉，我是可惜这大好时光如流水般逝去，连无情的树木尚且忧愁风雨的吹打，何况有情的人呢？还是烦谁去叫几个穿红着绿的歌女舞妓来，让她们来替英雄抹去脸上的泪水吧！

扩展阅读

词家争斗秾纤，而稼轩率多抚时感事之作，磊落英多，绝不作妮子态。宋人以东坡为词诗，稼轩为词论，善评也。（毛晋《稼轩词跋》）

【译文】

词人们在竞争谁能写得秾丽纤巧，而辛稼轩多半写些忧虑时势、感慨国事的作品，光明磊落，英气凛然，绝不肯做出那种女儿姿态。宋人认为东坡是用词来写诗，稼轩是用词来写议论，也真善于评说。

点 评

辛弃疾南归初，授江阴签判，任满后，漫游吴楚。乾道三年（1167），他二十八岁那年秋天，又回到金陵。想到抗金复土的壮志难酬，登上赏心亭，一腔怨恨，满腹牢骚，写成这首传诵近千年的名篇（此词作年，诸家说法不一，详见拙著《辛弃疾漫游吴楚考》《辛弃疾年谱》）。

起首两句，写登高遥望，水天一色，意境高远；不但说明这位江南游子，正从楚地漫游归来，更突出作者襟怀高洁，如碧宇清秋。清人谭仲修《复堂词话》以为这首词有"裂竹之声"，是恰当的比喻。为什么看到远山遥岑，会产生愁恨？为什么他要抚佩剑、拍栏杆，感到无处宣泄心事？只有对作者早年在金人占领区聚义叱咤风云的气概和南归宋室之后几年屈沉下僚、遭到歧视的委屈心情有所了解，才能领会爱国词人的牢骚所在。

他从金国南归后，从不把家庭放在心上，也不曾有过回乡的念头。下片写莼羹鲈鱼、求田问舍等词句，并非堆砌典故，确是写出了这位青年英雄报国忘家的崇高志向。三年吴楚漫游期间，他度过许多浪漫的日子，在那个时候，也只有天涯沦落的"红巾翠袖"，才会为他洒一掬同情之泪。

全词意境慷慨悲壮，而又深曲含蓄。在艺术结构上，以上片写登临眺望所见景象及自己抑塞郁愤的情态，用"无人会，登临意"六字过片。下片即承上借用典故申述"登临意"，先从反面排除，然后正面慨叹，遣词藏而不露，用典极其灵活，三次说法，语气各不相同，但又都表现了"无人会"的情景，自然地引出末了的意思。因此，结句给读者的感慨也是无尽的。

青玉案

元 夕①

东风夜放花千树②，更吹落、星如雨③。宝马雕车香满路。凤箫声动，玉壶光转，一夜鱼龙舞④。　　蛾儿雪柳黄金缕⑤，笑语盈盈暗香去。众里寻他千百度。蓦然回首，那人却在，灯火阑珊处⑥。

【注释】

①元夕：即元宵。

②花千树：喻悬挂的灯。苏味道《上元》诗："火树银花合。"

③星如雨：形容风吹时灯光晃动。庾信《灯赋》："风起则流星细落。"

④玉壶、鱼龙：指不同形状的灯。《武林旧事》："（元夕之灯）福建所进、则纯用白玉，晃耀夺目，如清冰玉壶，爽彻心目。"薛道衡《如许给事》诗："竟夕鱼负灯，彻夜龙衔烛。"

⑤蛾儿雪柳黄金缕：指妇女头上的插戴和饰物。蛾儿，也称"闹蛾"。

⑥阑珊：稀落。

【译文】

东风起处，千百株树木都在夜间成了火树，开出银花来，还吹得星星似的灯火，如雨点般洒落下来。华丽的骏马和雕花的车辆往来不绝，整条街上都弥漫着香气。美妙的箫声响起，玉壶灯转动着光亮，鱼灯龙灯彻夜舞个不停。

姑娘们戴着蛾儿、雪柳等首饰，佩挂着黄金丝缕，她们娇媚地说说笑笑，从我眼前经过，一阵阵暗香随之而去。我在人群之中寻找她千百次，总也没有找到，忽然回过头去，却发现那人独个儿站在灯火稀少的地方。

📚 扩展阅读 📚

古今成大事业、大学问者，必经过三种境界："昨夜西风凋碧树，独上高楼，望尽天涯路①。"此第一境也；"衣带渐宽终不悔，为伊消得人憔悴②。"此第二境也；"众里寻他千百度，回头蓦见，那人却在，灯火阑珊处③。"此第三境也。此等语皆非大词人不能

道，然遽以此意解释诸词④，恐晏、欧诸公所不许也。（王国维
《人间词话》）

【注释】

①"昨夜"三句：晏殊《蝶恋花》词原句。引者喻立志要
　高，眼光要远。

②"衣带"二句：柳永《凤栖梧》词原句。从下文提到
　"晏、欧诸公"看，可能王国维误记为欧阳修词。此喻苦
　苦追求，殚精竭力。

③"回头"二句：与原作字句略有差异，当亦系误记，但意
　思相同。引此以喻终于有所发现时的情景。

④遽（jù）：就此，立即。

点　评

　　辛弃疾从乾道四年（1168）起，当了三年建康府通判之后，
因对孝宗上了《美芹十论》，受到重视。乾道六年底调为司农寺主
簿。初到临安做京官，相识还不多。七年元宵节，观看了金迷纸
醉的元夕盛况，写了此词。

　　以"东风"起句，点时节，也衬托出帝都气象。描写元宵，
始终突出灯火。以"花千树""星如雨""玉壶""鱼龙"等，写
出"夜市千灯照碧云"的一片光耀炫目、繁华热闹的景象。"宝马
雕车"上的豪门显贵，插戴着"蛾儿、雪柳"的官宦眷属，在
"山外青山楼外楼"的西湖之滨尽情游乐，竟是"直把杭州作汴
州"的醉生梦死的场面。词末几句，有人以为作者真的是在寻找
一位女人，恐未必如此。那位要寻找的人，其实也正是作者不逐
众流、不慕荣华、独来独往的精神人格的化身。

　　这首词很可能受到北宋末、南宋初女词人李清照的影响（稼
轩词中有效易安体之作），易安有一首《永遇乐》（落日熔金），
也是写临安元夕的，其中遣词用语，颇可以看出两者之间的瓜葛

（如李词中有"人在何处""香车宝马""捻金雪柳"等）。她死后八十年，宋末词人刘辰翁还说"读李易安《永遇乐》，为之涕下"。李清照的词为何使刘辰翁泪下呢？原来她写的元夕回想"中州盛日"的种种情景，通过对故都的怀念，寄托爱国思想。辛词所写的元夕景物，多见于《东京梦华录》《宣和遗事》一类材料，与东都汴京景象无异，这是有深意的。可以理解，作者要找的人，正是因为眼看临安灯市，心怀昔日旧都，才自甘寂寞，不无感慨地远离喧闹的人们而独个儿站在"灯火阑珊处"。这样的人，"众里寻他千百度"是难以寻到的。作者孤傲的心志和现实引起的感触，也都是通过含蓄的艺术构思曲折地透露出来的。

摸鱼儿

淳熙己亥，自湖北漕移湖南，同官王正之置酒小山亭①，为赋。

更能消、几番风雨，匆匆春又归去。惜春长怕花开早，何况落红无数。春且住！见说道、天涯芳草无归路。怨春不语。算只有殷勤、画檐蛛网，尽日惹飞絮。　　长门事，准拟佳期又误②。蛾眉曾有人妒③。千金纵买相如赋④，脉脉此情谁诉？君莫舞，君不见、玉环飞燕皆尘土⑤！闲愁最苦。休去倚危栏，斜阳正在，烟柳断肠处。

【注释】

①淳熙己亥：孝宗淳熙六年（1179）。　湖北漕：湖北转运副使；宋代称转运使等官为漕官。　王正之：名正己，字正之，四明人，当时亦为湖北漕官。　小山亭：在湖北漕署官衙内。

②"长门"二句：汉武帝时，陈皇后失宠，离皇城，居长门宫。宫在今西安南长安县东北。此借以自比政治上的失意。准拟佳期，约定了的好日子，也是借喻。

③"蛾眉"句：指当权者不信任抗金忠义之士。淳熙五年，史浩为右丞相，拜命之初，即将辛弃疾、王希吕两人从在

外实掌兵权的职务内调。王希吕也是南归人士。《离骚》：
"众女嫉余之蛾眉兮，谣诼谓余以善淫。"

④"千金"句：陈皇后被弃于长门宫，曾以黄金百斤请司马
相如作《长门赋》，诉说自己的怨愁，感动武帝，重新得
到宠幸。

⑤玉环、飞燕：杨贵妃，小字玉环，为唐玄宗所宠，安史乱
起，被迫自缢于马嵬坡。赵飞燕，为汉成帝所宠，成帝死
后，被废自杀。她们生前都善于跳舞。

【译文】

　　还能经受得住几次风吹雨打呢？春天又匆匆地归去了。
怜惜春光，我常常怕花儿开得太早，何况现在已落红遍地了
呢！春天呀，请你暂且别走，听说芳草都已长满天边，没有
回去的路了。我怨恨春天不搭理我。算来只有屋檐下的蜘蛛
网整天在粘捕飞絮，想借此把春天留住。

　　就像当年长门宫里发生的事一样，先前约定的佳期又落

空了。曾有人妒忌我的美貌，说了我的坏话。我纵然能送千金给司马相如，我也请他代写一篇赋，向皇帝诉说内心的曲衷，使其能回心转意，但这种情意绵绵的话又如何说得出口呢？你们这些骗得皇帝宠信的人，别又跳又舞的得意得太早了。你们没有看见杨玉环、赵飞燕最终都化为尘土了吗？多余的忧愁最令人痛苦了。还是别去靠在高高的栏杆旁吧，将要西沉的太阳正在杨柳如烟、最最令人伤心的地方呢。

扩展阅读

"更能消、几番风雨"一章，词意殊怨，然姿态飞动，极沉郁顿挫之致①。起处"更能消"三字，是从千回万转后倒折出来，真是有力如虎。（陈廷焯《白雨斋词话》）

【注释】

①沉郁顿挫：诗家常用"沉郁顿挫"来形容杜甫诗的主要风格。杜甫《进雕赋表》："则臣之述作，虽不能鼓吹六经，先鸣数子，至于沉郁顿挫，随时敏捷，扬雄、枚皋之徒，庶可企及也。"

点 评

这是稼轩词的代表作。辛弃疾在湖北转运副使任上度过半年，此时被调为湖南转运副使。虽说不是降官，却依旧不能与安抚使那样的封疆大吏相比，心情是苦闷的，写出来的词自然满怀怨恨。

词以一个蛾眉见妒的失宠美人，惋惜年华易逝，青春将老，感叹自己蒙受冷落弃置，而无处倾诉满怀愁绪的形式，来寄托自己政治上的怨恨愤慨。上片是写怜惜春天逝去，而徒然希望留住春天的心情。这春天既代表作者年轻有为的韶华岁月，实现平生爱国抱负的希望，同时也象征着南宋朝廷由主战派（如虞允文）

当权的政局和图谋恢复中原的有利形势。词以"更能消"发端，用倒卷逆挽笔法，突兀而起，姿态飞动。以下再出"惜春长怕"等句，层层曲折，宛转尽致。"天涯芳草无归路"是痴语，亦情语。唯其情痴，才更显得怨重憾深。"算只有"句，也是出于丰富想象的痴心话。蛛网粘住柳絮，在作者看来，这是它在殷勤地挽留春天。这样的企图，当然是可笑的。但借景寄情，正用以自嘲，突出了对春光别去的无可奈何心情。就这样，作者曲折地写出了南宋局势的危急和自己的无能为力。

下片通过失宠女子的苦闷独白，写作者希望朝廷信任自己，但他一次次地遭到压抑打击，觉得自己复杂的感情是难以诉说的。想到时势艰虞，他从怨恨转为愤慨，直指那些妒忌、排挤他的人，跟历史上被人们认为是邀宠误国的玉环、飞燕一样，并警告他们说：不要高兴得太早了！那些一时得宠者不是最终都化为尘土了吗？结尾几句回应上片春光迟暮，写斜阳烟柳的衰飒晚景，使人更明确地感到这是象征国势的衰微。作者借此表明自己最大的忧愁，并非只是个人的仕途得失，而是国家的前途命运。使事用典，都极为自然贴切，全篇能一气贯通。

宋人罗大经《鹤林玉露》说孝宗看到此词颇不悦，只为"盛德"，才未加罪。这不过是儒臣的颂圣。如果触及的是皇帝本身（辛词中未有此例），恐未必有此宽宏大量了。从"蛾眉曾有人妒"的说法看，知作者笔锋所指，还是议和派史浩之流。史浩和他没有个人嫌怨，只是史看不起抗金起义南归人，不放心他独当一面地掌兵权。史浩为右丞相时，曾把辛弃疾从江西安抚使任上拉下来，作者在《水调歌头》（我饮不须劝）等词中，曾直率地倾诉过怨恨，发过牢骚。

此词直接继承了《楚辞》中以"香草美人"比喻忠贞的寄托手法，汲取了词史上婉约和豪放两大词派之所长，将其熔铸成一炉，创造了貌似哀怨悱恻，实为慷慨激愤的独特的艺术风格。梁启超云："回肠荡气，至于此极；前无古人，后无来者。"（《艺蘅馆词选》）可谓推崇备至。

菩萨蛮

书江西造口壁①

郁孤台下清江水②，中间多少行人泪！西北望长安，可怜无数山。　　青山遮不住，毕竟东流去。江晚正愁余，山深闻鹧鸪③。

【注释】

①造口：即皂口，在今江西万安县西南六十里，有皂口溪于此流入赣江。

②郁孤台：在今江西赣州市西南的贺兰山上。《舆地纪胜》："郁孤台……隆阜郁然，孤起平地数丈，冠冕一郡之形胜而襟带千里之山川。"

③闻鹧鸪（zhè gū）：《异物志》："鹧鸪其志怀南，不思北徂（cú，往也），其鸣呼云：'但南不北。'"又俗传鹧鸪叫声如"行不得也，哥哥"！

【译文】

郁孤台下流过一条清澈的江水，这水中包含着多少行路人的眼泪啊！我向西北眺望故都，可怜它被无数青山阻隔在千里之外了。

青山能遮住视线，却阻挡不住这带着无尽怨恨的江水，它毕竟还是向东流去了。傍晚时，我正在江边发愁，又听到深山里传来鹧鸪鸟的叫声。

扩展阅读

《菩萨蛮》如此大声镗鞳①，未曾有也。（梁启超《艺蘅馆词选》）

【注释】

①镗鞳（tāng tà）：钟鼓声，常形容声音洪大；这里是说用《菩萨蛮》这一词调来发如此大感慨的，极罕见。

点　评

词作于孝宗淳熙三年（1176）。作者在上年七月至江西任提刑，节制诸军进击茶商军，九月平。词写春天景物，知为次年在任上所作。

宋人罗大经《鹤林玉露》说此词云："盖南渡之初，虏人追隆祐太后（高宗之婶母）御舟至造口，不及而还。幼安自此起兴，'闻鹧鸪'之句，谓恢复之事行不得也。"此说有参考价值，但并不太确切，有误传成分。隆祐太后确曾避金兵，经万安造口而至虔州（今江西赣县）郁孤台之所在，但金兵却只到达太和县，并没有追御舟而至造口。《三朝北盟会编》记建炎三年（1129）十一月二十三日隆祐离吉州谓："质明，至太和县，兵卫不满百人，滕康、刘珏、杨唯忠皆窜山谷中，惟有中官何渐、使臣王公济、快行张明而已。金人追至太和县，太后乃自万安县至皂口，舍舟而陆，遂幸虔州。"一路之上，皇室尚狼狈如此，流亡百姓之苦，更可想而知了。作者书万安造口壁的词而写虔州郁孤台，想到四十多年前金兵曾入侵江西，隆祐太后沿这条路仓皇南奔事，是完全在情理中的。只是他心目中并非只有太后，大批百姓在流亡道路上妻离子散、扶老携幼的惨状，大概会想得更多些，所以词才说"中间多少行人泪"，可见伤心之事，非止一端。这是在台上俯视所见。

然后写向西北而望。"长安"，借指北宋都城汴京。它被"无数山"阻隔住了，正所谓"长安不见使人愁"。这是借"道路阻且长"喻恢复失土之困难重重。"可怜"二字，表现内心之沉痛。既用比兴，换头索性仍借山水为说：国势日见衰微，虽志士英雄亦难挽其颓败，犹青山遮不住江水东流，昔日之全盛，一去难回。"毕竟"二字，想见曾经许多努力而终至无可奈何之情。有人以为此处是"作者把大江东去比喻不可抗拒的历史潮流"（见《唐宋词鉴赏辞典》881页，江苏古籍出版社），这太时髦了，也太拔高作者了。辛弃疾终究不是近现代的革命家，不知何谓"不可抗拒的历史潮流"；再说也难用历史事实来说明当时这种潮流之不可抗拒啊！过分强调作者对恢复失土的信心，便会与下句脱节。其实，"毕竟东流去"的意思，与"斜阳正在，烟柳断肠处"是差不多的，"愁"根之所生，正由于此。

末两句以鸟声更添己愁的虚缩之法作收。"江晚"二字，增迟暮之感。鹧鸪，虔州山间特多，其叫声最流行的两种说法是像

"行不得也哥哥"和"但南不北"。罗大经谓"恢复之事行不得也"是取前者（"行"从行路转为行事）；不过这一来，鹧鸪声也与议和派论调相似了，只能当作一种反衬而非作者的思想。作者的感慨正好相反，应是偏安之事行不得也，或如隆祐太后那样敌来我逃之事行不得也。无知之鸟尚知作此声，而当局居然不知，则余之愁自不待言。后一种说法，在唐诗中用得特多，如郑谷《席上贻歌者》诗云："坐中亦有江南客，莫向春风唱鹧鸪。"正因鹧鸪其志怀南，不思北往，故在长安居住的江南客闻其曲而思家也。但化用于此，"但南不北"语，应理解为对南宋当局只是苟安江南，当金人入侵之际，也只知南逃而不思北伐的投降政策的怨怼，而不宜如有的人解作"一定要像鹧鸪一样留在南方，绝不能北去向金人屈膝"（同前）。对作者寓意的探寻，本见仁见智，自不必强求一致。但总要不悖作意，不割裂词句，不将古人现代化才好。

祝英台近

晚　春

宝钗分①，桃叶渡②，烟柳暗南浦③。怕上层楼，十日九风雨。断肠片片飞红，都无人管，更谁劝、啼莺声住？　　鬓边觑。试把花卜归期④，才簪又重数。罗帐灯昏，哽咽梦中语：是他春带愁来，春归何处？却不解、带将愁去。

【注释】

①宝钗分：分钗赠别情郎或丈夫。

②桃叶渡：晋王献之的爱妾名桃叶，渡江而去，献之作歌送之。后称其分别处为桃叶渡。见《古乐府》注。此"渡"作动词用。

③南浦：泛指水边送别地。江淹《别赋》："送君南浦，伤如之何！"

④花卜归期：以花瓣数目的多少，来占卜吉凶、日期等；此处是卜归去的日期。

【译文】

她把宝钗分为两股，将一股留赠给我，我的桃叶就这样渡江走了。在这送别的江边，惟见烟蒙蒙的杨柳一片昏暗而已。我怕再上高楼去眺望，这天气十天倒有九天刮风下雨，那片片落红乱飞的景象，简直让人愁肠寸断，这都没有人管，还会有谁来劝说那啼叫的黄莺儿把声音停住呢？

我想她此时也一定把戴在鬓边的花取下来瞧，数着它的瓣数，来占卜自己几时能归去，也许刚数完簪上头，又重新取下来再数呢。闺中青灯昏昏，她在罗帐里大概也会从睡梦中哽咽着呓语起来。啊，是春天把这愁带来的，春天呀，你回到哪里去了呢？为什么不将我的愁也一起带走呢？

✿ 扩展阅读

　　稼轩词以激扬奋厉为工，至"宝钗分，桃叶渡"一曲，昵狎温柔，魂销意尽，才人伎俩，真不可测。（沈谦《填词杂说》）

【译文】

　　辛稼轩的词以激烈昂扬、奋发峻厉的风格表现他的功力。至于"宝钗分，桃叶渡"一首，那种亲情昵态、温顺柔软的情调，读来令人魂消肠断，不知所以。多才之人的手段，真是变幻莫测啊！

点 评

张端义《贵耳集》云："吕婆，吕正己之妻，正己为京畿漕，有女事辛幼安，因以微事触其怒，竟逐之，今稼轩'桃叶渡'词，因此而作。"此说所述，本别无可证，但有一点倒是可信的，即"正己为京畿漕"，恰好与另一首辛词所提供的线索一致：稼轩有一位被词中称之为"桃叶"的侍妾离他而去，使他追念不已，此事发生在他任职京师临安期间。有《念奴娇·西湖和人韵》词，其末了说："欲说当年，望湖楼下，水与云宽窄。醉中休问，断肠桃叶消息。"与此词"宝钗分，桃叶渡"用事同，且此词下文也用"断肠"字样，当同指一人。《念奴娇》词"欲说当年"云云，知非稼轩第一次居官临安任司农寺主簿时之作。以词中所写季节推断，与其第三次在临安任职的时间相合，因知此词作于淳熙五年（1178）稼轩在临安居官大理寺少卿之时。

稼轩词中，题明"赠妓""赠歌者""赠籍中人"的和写风月之情的并非个别，在早期漫游吴楚之作中尤多，但都不曾用"桃叶"典故，所以认定所写女子身分，也与王献之爱妾一样是作者的侍妾，这也与《贵耳集》所述一致。词上片写爱妾离去后，自己见春色将残而感伤烦恼；下片想象对方也应愁思满怀地在期盼着能再回到自己身边。

夏承焘师教导云："'宝钗分，桃叶渡'，'渡'作动词解。"理由：一、此词调头六个字多作对句，辛词皆如此，如"水纵横，山远近""绿杨堤，青草渡"等，此作"渡江"之"渡"，方能与"分"成对；二、若作渡口地名解，下句已有"南浦"，不应歧出。"烟柳暗南浦"，是春去景语，也为写黯然伤感。"怕上"二句，寻常易懂这妙句，烟柳之所以暗者，正因风雨。"断肠"数句，分两层递进，怜春伤春之情，叙来凄惋之至。

换头"鬓边觑"以下，乃积思而神驰于彼，设想对方之心态举止。"花卜归期，才簪又重数"，虽卜得顺逆，总觉忽忽心未稳，故再一次取下花来重数。想象极具体生动，愈见相思之深。大概"桃叶"临去之时，百般不愿，作者又素知其痴情，故能摹写入微，叙来历历如见。白天如此，又想象其夜间孤独难眠，于梦中尚哽咽呓语。末三句至情痴语，结出"愁"来，当作女子"梦中语"固可，视为作者无可奈何之叹息语亦无不可。此词在风情旖旎之中，仍有一股悲凉凄怆之气。

鹧鸪天

代 人 赋

陌上柔桑破嫩芽^①，东邻蚕种已生些^②。平冈细草鸣黄犊，斜日寒林点暮鸦。　　山远近，路横斜^③，青旗沽酒有人家^④。城中桃李愁风雨，春在溪头荠菜花。

【注释】

①陌上：田间路上。

②已生些：指已孵出了小蚕。些，些微，与作句末语气助词有别。

③斜：音 xiá。

④青旗：青布做的酒幌，酒店作招牌用。

【译文】

　　田间路旁，桑树柔软的新枝上绽出了嫩芽，东边邻居家的蚕种已孵出了小蚕。平坦的山脊上长满了细草，有小黄牛在哞哞地叫，夕阳斜照着春寒时节的林间，树上点缀着几只傍晚的乌鸦。

　　青山远远近近，小路纵横交错，飘着青布酒幌子处有卖酒的人家。城市中的桃花李花虽则华丽，但害怕风雨吹打，只有长满了溪边的荠菜花才能算得上是真正的春天。

扩展阅读

　　其词之为体，如张乐洞庭之野①，无首无尾，不主故常；又如春云浮空，卷舒起灭，随所变态，无非可观。（范开《稼轩词序》）

【注释】

①张乐洞庭之野：比喻其词如湘水女神奏乐一样的美妙。钱起《湘灵鼓瑟》："善鼓云和瑟，常闻帝子灵。……流水传湘浦，悲风过洞庭。曲终人不见，江上数峰青。"张乐，奏乐。

点 评

    辛弃疾的农村词是其全部作品中很有艺术特色和成就的一个方面。旧时的词家注意得不够；到近现代，才逐渐受到研究者的重视。此词是作者在江西上饶带湖家居时期的作品，是一幅纯用白描手法画出的清丽、安恬的农村景物画。

    上片中，"柔桑""嫩芽""蚕种""细草""黄犊"，入画的都是新生事物，充满了春天的生机活力。在这些背后，则可以想见农村男耕女织的淳朴劳动生活。但作者无意为写蓬勃生机而穿凿，所以，"斜日""寒林""暮鸦"也照样入画，但绝无衰飒气象。在这里，作者只用一个通常用之于书画笔法上的"点"字，就把自己内心充满诗情画意的轻松愉悦表达了出来。

    下片，"山远近，路横斜"，仿佛随口说去，表现作者信步于山乡间的悠然游赏神情，也恰到好处。"青旗沽酒"，说明可以乘醉助兴。最后两句借景说出主题，兼议论、抒情，含蓄有味，是辛词的名句。词题是"代人赋"，这里自有安慰别人之意，说在朝做官，徙谪无常，担惊受怕，倒不如野居自由自在，实际上作者也正以此为自己的隐居生活作安慰。

西江月

夜行黄沙道中①

　　明月别枝惊鹊②，清风半夜鸣蝉。稻花香里说丰年，听取蛙声一片③。　　七八个星天外，两三点雨山前④。旧时茅店社林边⑤，路转溪桥忽见⑥。

【注释】

①黄沙道：江西上饶县西四十里，有黄沙岭，黄沙道指通岭的大路。

②"明月"句：乌鹊因月色明亮而受惊，飞离枝头。曹操《短歌行》："月明星稀，乌鹊南飞。绕树三匝，何枝可依？"

③"稻花"二句：倒装句。意谓在稻花飘香之中，听一片蛙鸣，似说今年是丰收年。

④"七八"二句：李山甫《寒食》诗："有时三点两点雨，到处十枝五枝花。"王延让《松门寺》诗："两三条电欲为雨，七八个星犹在天。"

⑤社林：有土地庙的林子边。

⑥忽见（xiàn）：即忽现。"见"通"现"。

【译文】

　　明月当空，乌鹊误以为天明而惊起飞离枝头；清风拂面，传来半夜里蝉儿的叫声。在稻花飘香之中，听一片蛙声在欢快地鸣叫，仿佛在说：今年是一个丰收的年头。

辛弃疾十二首

天边还剩有七八颗星星，山前已落下两三点雨滴。记得从前有一家客店茅屋就在土地庙旁的林子边，当道路转过清溪小桥时，它忽然出现在眼前了。

扩展阅读

盖曲者，曲也，固当以委曲为体；然徒狃于风情婉娈，则亦易厌。回视稼轩，岂非万古一清风哉！（杨慎《词品》）

【译文】

曲子词叫曲，也就有曲折的意思；固然是应该以委婉曲折为体裁特点的，但一味地写些风调情致婉丽妩媚的东西，也就容易令人生厌了。回过头去看看辛稼轩的词，难道不是永远都像一阵清风那样使人感到清爽惬意吗?

❧ 点 评 ❧

这首词作于带湖农村,也是全用白描手法写的。

写鹊、写蝉、写蛙,看星听雨,都扣紧"夜行"的词题,而且还是夏夜景象。"七八个星""两三点雨",正为夏季所有;若春雨连绵,秋阴四合,则不复有星光可见。同时,景物也非平板罗列,作者夜行中的情绪变化也能从中反映出来。写鹊惊蝉鸣,衬托夜间静寂,也显出独行悄然,留意四下动静的情态。稻花飘香,蛙声一片,作者将预见丰收的喜悦,移情于物,用倒装句法,写拟人化意境,造语最妙。过片中能看出时间的推移。星光忽稀,疏雨有声,不免想到要找个地方暂时歇脚了。往来于黄沙道中,作者已非初次,因而记起了以前饮过酒的茅店应该就在附近。末二句,能让读者体会到作者寻找茅店而不见时的疑惑,和它忽然出现于视线内的欣喜。

木兰花慢

中秋饮酒将旦①，客谓前人诗词有赋待月、无送月者，因用"天问体"赋②。

可怜今夕月③，向何处，去悠悠？是别有人间④，那边才见，光影东头？是天外，空汗漫⑤，但长风浩浩送中秋⑥？飞镜无根谁系⑦？姮娥不嫁谁留⑧？　　谓经海底问无由，恍惚使人愁。怕万里长鲸⑨，纵横触破，玉殿琼楼⑩？虾蟆故堪浴水⑪，问云何玉兔解沉浮⑫？若道都齐无恙，云何渐渐如钩？

【注释】

①旦：天亮。

②天问体：指仿效屈原所作《天问》形式写的作品。《楚辞·天问》以对"天"质问的形式，探索宇宙间的奥秘和人类社会中许多难懂的道理，提出了一百七十多个问题，包括自然现象、神话传说、历史人物等方面。

③可怜：可爱。

④是：是不是；是……吗？下同。

⑤汗漫：漫无边际。

⑥但：只。　中秋：代指月。

⑦飞镜：喻圆月。　　无根：没有凭借，没有依傍。　　谁系：谁将它系在天空。

⑧姮（héng）娥：即嫦娥。　　不嫁谁留：谁将她留住不出嫁？

⑨怕：疑问语气词。恐怕要；也许会。　　万里长鲸：据传说形容巨鲸之长。《庄子·逍遥游》："北冥有鱼，其名为鲲。鲲之大，不知其几千里也。"

⑩玉殿琼楼：指月宫。

⑪虾蟆（há má）：传说月中有蟾蜍，即癞虾蟆。现写作"蛤蟆"。

⑫玉兔：传说月中有白兔捣药。

【译文】

　　真可爱啊，今天晚上的月亮，不知你悠闲地要去往哪里？是不是那边另外还有一个世界，刚好能看到你在东升？是不是宇宙空间都是漫无边际的，只有浩荡长风把你这中秋月亮送走？你像一面飞天的镜子，全无凭借，是谁把你系在空中的呢？又是谁让嫦娥一直留住在月宫里不出嫁的呢？

有人说月落后经过海底，此事无从查问，实在难以捉摸，真教人愁闷啊！我担心你会不会遭到万里长的大鲸鱼横冲直撞，把你的琼楼玉宇给毁坏了？你那里的虾蟆本来是会划水的，我倒要问，为什么捣药的白兔也能在水中游泳呢？如果说宫殿、虾蟆、白兔等都一概完好无损，那么为什么你月亮倒一天天地缺损，渐渐变得像一只钩子了呢？

扩展阅读

稼轩中秋饮酒达旦，用"天问体"，作《木兰花慢》以送月曰："可怜今夜月，向何处，去悠悠？是别有人间，那边才见，光景东头？"词人想象，直悟月轮绕地之理①，与科学家密合，可谓神悟！（王国维《人间词话》）

【注释】

①月轮绕地之理：西方的天文科学理论，如地球是圆球形的，月亮是绕着地球旋转的等，在王国维（1877—1927）时代，才传入中国不久，在宋代，当然谁都不可能有这样的认识，所以说辛弃疾是全凭想象"悟"到的。

点 评

这首词是辛弃疾在上饶带湖闲居时的作品。辛词继承《楚辞》的传统是多方面的，像这首直接用"天问体"来表现，也是一例。

这首词有几个特点：一、立意创新，不落前人窠臼。前人多写待月，作者偏写送月；二、把有关月亮的神话、传说、比喻，集在一起，构思出词人望月冥思的情态，通过《天问》式的质询，将它们有机地组合起来，说得十分风趣；三、发挥了丰富的想象。比如他说，此处见月落西头，而彼处当有另一个世界看见月才东升。古代人们受"天圆地方"的错误观念支配，并不知道月亮是环绕着地球旋转的。作者虽然也不可能从理性上认识这个道理，但他大胆想象的情景，却完全被后来的天文科学家证实了。所以近代大学者王国维才赞其为"神悟"。辛弃疾生长在 12 世纪，这样的"神悟"是很了不起的。三百多年之后，欧洲才出现哥白尼、伽利略和开普勒，提出了被当时教会视为邪说的天体运行学说；哥伦布才越过大西洋，发现了这首辛词中所说的那个"别有人间"——美洲新大陆。

丑 奴 儿

书博山道中壁①

少年不识愁滋味，爱上层楼；爱上层楼，为赋新词强说愁。　　而今识尽愁滋味，欲说还休；欲说还休，却道天凉好个秋。

【注释】

①博山：在今上饶市东广丰县西南三十里。辛弃疾居上饶带湖时，常往来于博山道中。

【译文】

　　我年轻的时候，不知愁是什么滋味，就喜欢登到高楼上去。喜欢登上高楼，是为了想写出新词来，于是就勉强地说愁呀愁的。

　　现在我已经尝遍了愁的滋味，所以想说愁时反而不说了。想说愁而不说，却只说天气真凉快，好一个秋天啊！

⚜ 扩展阅读 ⚜

读东坡、稼轩词，须观其雅量高致，有伯夷、柳下惠之风①。白石虽似蝉脱尘埃②，然不免局促辕下③。（王国维《人间词话》）

【注释】

①伯夷：商末孤竹君之子，与弟叔齐谦让继承权，奔至周，反对武王伐纣，商灭后，逃至首阳山，不食周粟而死。

柳下惠：即展禽，春秋鲁国大夫，以直道掌刑狱，虽三次被贬黜，仍坚持做下去。他们都被后世视为品格高尚、胸怀磊落、能坚持操守的人。

②白石：姜夔，号白石道人。论稼轩者，最喜欢将其与东坡并论，或者与同时人姜夔作比较。

③局促辕下：以幼马驾车为喻，说姜白石作词虽清空脱俗（"蝉脱尘埃"），但毕竟胸襟（"雅量高致"）不及苏、辛，所以未免如马驹不惯驾车，在辕下局促不安，不能尽情奔驰。《史记·魏其武安侯列传》："今日廷论，局趣（促）效辕下驹。"

点 评

　　这首词也是稼轩闲居上饶带湖时期的作品。博山道是他常常往来经过的地方，这从他另有词作拟题为"独宿博山王氏庵""博山道中效李易安"等可知。词调《丑奴儿》，亦即通常用的《采桑子》的别名，只是这一词调的上下片中间的两个四字句，多数并不用叠句形式。词写自己"少年"时与"而今"对"愁"的两种截然不同心态。重点当然是说现在，所以上片为宾，下片为主。

　　"少年不识愁滋味"，先明白说出，用的是口语。接以"爱上层楼"四字，由"不识"生出。历来诗文中，写登楼而兴慨生愁者，多不胜举，所以怕触景生情的人，又往往怯于登楼。此种心情，少年人并无体验，所以总喜欢登高远眺，一览景物。后面"爱上层楼"四字属下，为说明其目的在于"为赋新词"。想通过上层楼所见寻找一些诗料，以便吟成几首新词。既然登高与生愁常常联系在一起，自己也就效仿前人说些愁呀愁之类的话，其实心里并无愁绪，所以叫"强说"。写出少年涉世甚浅，锐气正盛，未曾经历世途之艰难，不知愁为何物。为赋新词，不免要为文造情，作无病呻吟，但终究言不由衷，矫情虚饰，实在幼稚可笑得很。但那时倒是一片天真，终日乐呵呵的，无忧无虑，回想起来，又不免令人神往而眷恋，恨不能重新再回到少年时代。

　　下片，"而今识尽愁滋味"，有意与开头句对应，只换了几个字，境况就完全不同。"识尽"二字，概括了一切，几多困苦、艰险、挫折、失望、屈辱、愤恨，以至无奈等等，尽在其中。"欲说还休"，是想说而不知从何说起，也是不必再说，说了又有何用，还不如保持沉默好了。后一个"欲说还休"仍连下，心中有愁可以不说，但不能总缄口不语。说什么呢？那就说"今天天气哈哈哈"好了。时值秋天，若因此而兴悲，本也是自古常情，如陆放翁所说"宋玉悲秋千载后，诗人例有早秋诗"，可又偏不说悲秋，反而倒称道秋天"天凉"正"好"，似乎有点匪夷所思。但凡事都能体现辩证法则，形容愁也未必只有说它深如海、多如一江春水或者重得连车船都载不动才最好，不正面说，有时反显得真切、深沉。鲁迅形容一名斗士的愤怒说："心事浩茫连广宇，于无声处听惊雷。"虽与稼轩言愁有别，但在"无声胜有声"这点上，道理还是一样的。后来吴梦窗有《唐多令》说："何处合成愁？离人心上秋。"既然"愁"字是由"心上秋""合成"的，那末，只说"秋"不正是没有把"心"事说出来的"愁"吗？巧思运用，略无痕迹。

西江月

为陈同甫赋壮词以寄之①

　　醉里挑灯看剑②，梦回吹角连营。八百里分麾下炙③，五十弦翻塞外声④。沙场秋点兵。　　马作的卢飞快⑤，弓如霹雳弦惊。了却君王天下事⑥，赢得生前身后名。——可怜白发生⑦！

【注释】

①陈同甫：陈亮（1143—1194），字同甫（即同父），号龙川，婺州永康（今属浙江）人。稼轩好友，为人豪迈，富才气，喜谈兵，反对与金议和。力学著书十年。光宗绍熙四年（1193）第进士，擢第一，授官未到任而卒。为南宋著名思想家，有《龙川词》。

②挑灯：古时点油灯，时时要挑灯芯使灯明亮。

③"八百里"句：晋代王恺有一头珍贵的牛，名叫"八百里驳（同'驳'）"。一次，王济要王恺以此牛为赌注与他比射。王恺自恃箭法高明，且以为如此好牛，没有真杀之理，便一口答应，并让王济先射。王济"一起便破的，却据胡床（坐具），叱左右：'速探牛心来！'须臾炙至，一脔（luán，切成块的肉）便去。"（见《世说新语·汰侈》）后用此典，不但以"八百里"代牛，且有赞本领与豪气之意，如苏轼诗"要当啖公八百里，豪气一洗儒生酸"即是。麾（huī）下，部下。炙，烤肉。句谓以烤牛

肉糒劳部下。

④ "五十弦"句：五十弦，指瑟，乐器。李商隐《锦瑟》
诗："锦瑟无端五十弦，一弦一柱思华年。"这里亦有感慨
年华流逝的意思。翻，变换作。锦瑟本非军中所用乐器，
弹奏的也多为哀怨的清商曲调。塞外声，指雄壮的军乐。

⑤ 作：似。 的（dí）卢：好马名。相传刘备在荆州遇难，
所骑的的卢马一跃三丈，跨过檀溪而脱险。

⑥ 天下事：指收复中原。辛弃疾《祭陈同父文》："以同父之
才与志，天下之事，孰不可为？所不能自为者，天靳
之年。"

⑦ 白发生：陈亮《及第谢恩和御赐诗韵》诗："复仇自是平
生志，勿谓儒臣鬓发苍。"

【译文】

　　醉中拨亮油灯，抽出宝剑来看了又看，一觉醒来时，只听得军营里号角声响成一片。犒劳部下，将士们分食烤牛肉，豪气正盛，惯弹出哀怨曲调的锦瑟，如今换奏塞外雄壮的军乐了。秋日里，在沙场上检阅部队，观看他们比武练兵。

　　马都像当年驮着刘备跃过檀溪的的卢一样飞快，弓拉得真有劲，弦声忽剌剌如同疾雷让人心惊。把君王委任的收复失土、统一天下的大事都办完，就能赢得生前和身后的不朽英名了。这多好啊！可怜白发已经上头了！

🏵 扩展阅读 🏵

无限感慨，哀同父，亦自哀也。（梁启超《艺蘅馆词选》）

🏵 点　评 🏵

　　辛弃疾在带湖闲居十年之后，于绍熙三年（1192），出为福建提刑。四年（1193）秋，又被任为福州知府、福建安抚使。他的好友陈亮，也恰于该年中进士，被光宗赵惇亲擢为第一。作者就在闽帅任上，得知这个消息，因而写此壮词以寄，表示与陈亮共勉。

　　词写主将的军中生活。上片时间由夜到晓，再说白天；环境则从营幕之内到整个军营，再写沙场之上，境界层层扩大。"看剑"，已见壮志雄心，再用"醉里""挑灯"细节衬托，将军日夜不忘杀敌报国之神态仿佛亲见。"吹角连营"是"梦回"时所闻，也可看作是"梦回"的原因。夜间写"看"，破晓是闻，各不相犯。词境从帐内带出帐外，故下接分烤炙的牛肉以犒赏部下，弹奏军乐以为欢娱，以及演兵场上列队检阅的场景。上片以"沙场秋点兵"一句过片，下片就以麾下将士们练兵比武起笔。写得兵精马壮，个个善骑能射。场面之热烈，情绪之振奋，已达高潮。自然转入直抒壮怀，要完成收复中原的大业。词以"可怜白发生"作结，既有无限感慨，又是积极勉励，词意极为悲壮。

词中所写种种，以作者任闽帅时的生活为基础，泛说统率精兵猛将的主帅生活，以此期望于陈亮，与纯粹记实有别。"八百里""五十弦"，对偶句中巧用典故，使词句内涵大大丰富："八百里"乃骏物，本非麾下分炙当杀之牛，竟取而代用之，不但见出作者和陈亮的豪壮气概，且以王济一箭破的之典故，暗逗下片将士善骑射情景。"五十弦"指锦瑟，多与文士佳人为伴，如今翻出塞外之声，既表现二人将诗酒吟咏生活转变为戎马出塞壮举的热切期望，又暗寓年华易逝、早生华发的感慨。赋词之年，作者五十四岁，陈亮五十一岁，都已年过半百了。

陈亮之为人，在当时被朝野视为"狂怪"。他多次向孝宗上书，陈述国策，反对议和。孝宗派人找他想叫他做官，他却跳墙逃走。既不愿做官，却又几次去考进士，这一次考中了第一。辛弃疾知道他不肯以上书言事来博取官职，但认为事业还应凭借于功名，故勉励他此次定要实践抗金复土的志愿。"了却君王天下事"，是寄希望于同甫，也正是作者的自勉。

词的末句，是对陈亮及第后所作诗句"勿谓儒臣鬓发苍"的呼应。现在有一种解说，认为这是作者自己的"幻想终于被'可怜白发生'的现实碾碎了"。固然，写壮志成空、理想破灭的悲愤，也不无意义，但在这里却与词题所说的"壮词"不相切合，也与二人当时的顺利处境和兴奋心情对不上号。

永遇乐

京口北固亭怀古①

千古江山，英雄无觅、孙仲谋处②。舞榭歌台，风流总被、雨打风吹去。斜阳草树，寻常巷陌，人道寄奴曾住③。想当年，金戈铁马，气吞万里如虎。　　元嘉草草，封狼居胥，赢得仓皇北顾④。四十三年，望中犹记，烽火扬州路⑤。可堪回首，佛狸祠下，一片神鸦社鼓⑥！凭谁问，廉颇老矣，尚能饭否⑦？

① 京口：今江苏镇江。三国时，孙权建都于此。为江防之战
略要地。 北固亭：在镇江东北的北固山上，下临长江，
三面环水，为登临之胜地。又名北固楼、北顾亭。

②"英雄"句：即"英雄孙仲谋无处觅"。孙权，字仲谋，
创业于京口，曾与刘备联军大破曹操军队于赤壁。

③ 寄奴：南朝宋武帝刘裕，小字寄奴，早年居京口，家贫，
后为东晋北府兵将领，曾击败桓玄，任十六州都督，镇守
京口，掌东晋大权。先后灭南燕、后燕、蜀、后秦诸国，
光复洛阳、长安。官至相国，封宋王，代晋称帝后，改国
号为宋。

④"元嘉"三句：南朝宋武帝之子文帝刘义隆年号元嘉，此
以元嘉指代文帝。汉武帝时，霍去病曾追击匈奴至狼居胥
山（今内蒙古自治区西北），封山而还。"封狼居胥"表
示要北伐立功。宋文帝听王玄谟陈说北伐策略，以为"使
人有封狼居胥意"，于是命王玄谟攻打滑台。其实他光会
说大话。元嘉二十七年（450），北伐一仗，被北魏太武帝
拓跋焘杀得大败（见《宋书·王玄谟传》），仓皇北顾，
匆忙南逃时回看追敌。

⑤"四十三年"句：绍兴三十一年（1161）冬十月，金主完
颜亮渡淮南侵。义军首领耿京随即派贾瑞、辛弃疾等南来
与宋廷联络。辛弃疾一行十一人，恰于金兵准备强渡长
江。完颜亮被哗变部下射杀、扬州路上一片烽火之时，突
过金营，渡江南来。从那年冬天到作者登北固亭的嘉泰四
年（1204）秋，恰好四十三年。京口的对岸就是扬州的瓜
洲渡，故曰"望中"。

⑥"可堪"三句：可堪，怎能。佛狸祠，北魏太武帝拓跋
焘，小名佛狸。他杀败王玄谟军后，一直攻到瓜步（今江
苏六合东南）。后来，这里建起武帝庙，即佛狸祠。此借

佛狸说完颜亮，因其被部下乱箭射杀于扬州瓜步镇龟山寺。神鸦，啄食祭品的乌鸦。社鼓，社日祭祀时的鼓声。皆指升平热闹景象，说人们忘了金兵南侵至此和中原尚沦敌手的耻辱。

⑦ "廉颇"二句：廉颇，战国赵名将。后不被重用，闲居大梁。秦兵围赵，赵王欲起用廉颇，派使者前去探望。廉颇当着使者面，一顿饭吃了一斗米、十斤肉，然后披甲上马，表示自己能够打仗。但使者得了奸臣郭开贿赂，要他诽谤廉颇，便报告说："廉将军年纪虽老，饭量倒还不错，只是与我坐谈一阵工夫，就登厕拉了三次屎。"赵王以为廉颇年老不中用了，便没有起用他。（见《史记·廉颇蔺相如列传》）这里作者用以自比。

【译文】

江山千古长存，但像孙权那样的英雄人物，再也没有地方可以找寻了。六朝的歌舞楼台，风流繁华，总经不起历史的风吹雨打，全都化为乌有了。斜阳照在草丛树木上，极平常的街坊巷里，人们说，这里是从前宋武帝刘裕曾经居住过的地方。想当年，他带领着精强的兵马，万里北征，气吞山河，所向无敌，勇猛如虎。

可是宋文帝刘义隆却冒冒失失地想学汉代霍去病那样北伐立功，封狼居胥山而还。结果只落得全军溃败，仓皇南逃。四十三年过去了，我在眺望对岸时，依旧清楚地记得那时扬州路上烽火连天的情景。怎能回想，完颜亮兵马铁蹄践踏过的耻辱的地方，如今居然是祭祀不绝，乌鸦争食，社鼓咚咚，一片升平热闹气象！还能靠谁来过问我这个已经老了的廉颇，现在饭量如何，还能打仗吗？

辛词当以《京口北固亭怀古·永遇乐》为第一。(杨慎《升庵词话》)

稼轩词以"佛狸祠下，一片神鸦社鼓"为最。(田同之《西圃词说》)

点 评

辛弃疾在瓢泉过了八年闲居生活之后，被韩侂胄起用为绍兴知府、浙东安抚使。嘉泰四年(1204)三月，调任为镇江知府。这里隔江与扬州遥对，为江防要冲、战略重地。其时韩方倡议伐金，这当然符合辛平生雪耻复国的志愿。但他不赞同打无准备之仗，认为在政治、军事上必先有所作为。就在任上招壮丁，制军服，派间谍，收情报，为伐金作积极准备。无奈韩侂(tuō)胄集团政治腐败，奢靡逸乐，很不振作。辛弃疾看在眼里，忧在心头。秋天(由姜夔和作知之)，他登上北固亭，感慨万端地写下了这篇"怀古"名作。

词以孙权、刘裕这两位英雄人物的业绩为主，组成上片。叹英雄千古难再，奢华的帝王生活经不起时代风雨的洗刷；衡门陋巷，并不妨碍成就伟大事业。这是对韩侂胄有力的讽规。下片追述刘义隆刚愎自用，好大喜功，冒失用兵，结果滑台大败，只落得仓皇北顾，草木皆兵。这又成了后来韩侂胄伐金失败预言。历史教训，作者用单刀直入的手法，只消简短三句十四个字，就概括无遗。宋末词人岳珂、刘克庄都以为稼轩词用事太多是一病，没有看到这里用事的必要、切贴、含义深远，它正是"材富则约以用之"(沈祥龙《论词随笔》)的压缩手法。没有语言艺术的高度修养是做不到的。

接着，作者用"望中犹记"一句勾起了自己亲身经历的一段难忘的历史：其中包含着完颜亮南侵，在扬州为哗变部下所杀；作者一行突过敌营的许多惊心动魄的场面。从作者二十二岁初次渡江南来，到登楼写词时六十五岁，恰是四十三年。记述年分并非光为了点明史事，更是慨叹抗金的大好时机轻轻错过。完颜亮十一月二十七日被杀，宋高宗赵构三十日就接受金人和议，让慌乱无主、经不起宋军反攻的金兵全数撤退，以此继续保持苟安江南的局面。直到如今，还是社鼓神鸦，粉饰太平，真是不堪回首啊！

作者在任上积极协助备战，但因不与当局同流合污，而不被重视。因而词的结尾用廉颇故事深致愤慨。岂止不被重视而已，这首词写作后半年，开禧元年（1205）三月，作者就在京口被降官。六月被免官，七月便奉诏归铅山闲居终老了。

附带说一下，有研究者将此词作年误编入开禧元年，传讹甚广。大概是推算"四十三年"迟了一年，从高宗召见南归的辛弃疾的绍兴三十二年（1162）初算起，其实应从他上一年冬天过扬州时算起。开禧元年作是不可能的，因为词作于秋天（有白石和词可证），开禧元年七月，他已不在京口了。

姜夔 二首

姜夔（1155？—1221？）：字尧章，号白石道人，饶州鄱阳（今江西波阳）人。少小随父宦游汉阳，父死，流寓湘、鄂间。萧德藻以兄女妻之，乃随萧移居湖州（今浙江吴兴），往来苏、杭间，与词客诗人多有交游。一生未仕，卒于临安。工诗，其词清空蕴蓄，格律严密，上承周邦彦，下开吴文英、张炎一派。有《白石道人歌曲》《白石道人诗集》《白石道人诗说》等传世。

踏 莎 行

自沔东来，丁未元日①，至金陵，江上感梦而作。

燕燕轻盈，莺莺娇软②，分明又向华胥见③。夜长争得薄情知④？春初早被相思染。　　别后书辞，别时针线，离魂暗逐郎行远⑤。淮南皓月冷千山，冥冥归去无人管。

【注释】

①沔（miǎn）：沔州，今湖北汉阳，姜夔的第二故乡。 丁未元日：淳熙十四年（1187）正月初一。

②燕燕、莺莺：对年轻美丽女子的昵称。苏轼闻张先买妾，作诗相赠云："诗人老去莺莺在，公子归来燕燕忙。"夏承焘《姜白石词编年笺校》："此词明云'淮南'，为怀合肥人作无疑。《琵琶仙》云：'有人似旧曲桃根桃叶'，《解连环》云：'为大乔能拨春风，小乔妙移筝，雁啼秋水。'此亦云'燕燕莺莺'，其人或是勾阑（戏院、演艺场所）中姊妹。"

③华胥：谓好梦。黄帝曾白昼睡觉，梦游华胥氏之国（见《列子》）。

④争：同"怎"。

⑤"离魂"句：说此词者多据张相《诗词曲语辞汇释》解"郎行"为"郎边"。"行"作"这边、那边"用，在当时固多，然此句用唐传奇《离魂记》事，只宜作"行路"之"行"解，即"逐郎远行"，与"低声问向谁行宿"之类用法不同。

【译文】

　　她体态轻盈、语声娇柔的形象，我分明又从好梦中见到了。我仿佛听到她在对我说：长夜多寂寞呀，你这薄情郎怎么会知道呢？春天才刚开头，却早已被我的相思情怀染遍了。

　　自从分别以后，她捎来书信中所说的种种，还有临别时为我刺绣、缝纫的针线活，都令我思念不已。她来到我的梦中，就像是传奇故事中的倩娘，魂魄离了躯体，暗地里跟随着情郎远行，我西望淮南，在一片洁白明亮的月光下，千山是那么的清冷。想必她的魂魄，也像西斜的月亮，在冥冥之中独自归去，也没有人照管。

扩展阅读

　　夔诗格高秀，为杨万里等所推[1]；词亦精深华妙，尤善自度新腔[2]，故音节文采，并冠一时。（纪昀《四库全书提要·白石词》）

【注释】

①杨万里：字廷秀，号诚斋。吉州吉水（今江西吉水）人。
　　南宋杰出诗人，与范成大、陆游等合称南宋"中兴四大诗
　　人"。

②新腔：指歌曲中新颖脱俗的腔调。

点　评

　　此词作于淳熙十四年。在上一年的冬天，姜白石跟随萧德藻

离开湘鄂，前往湖州，沿着长江乘舟东下；春节元旦，抵达金陵。词记江上所梦，其中提到"淮南"，是写翘首西望合肥（宋时属淮南路）的情景，因为十年前，他在那里曾经有过一段恋情，使他至老难忘，并为此而写了不少情词。

"燕燕""莺莺"并用，夏师参证它词云："似是勾阑中姊妹二人。"我对白石同时有两个意中人，且又如此深情，总有点难理解。纵有姊妹二人如大乔小乔、桃根桃叶者，白石钟情其一而词中并提亦属可能，姑作一人看。"轻盈"，谓其体态；"娇软"，言其语音，恰好与借用名燕、莺之特点相合。"分明"句，点词题"感梦"；由此而知前八字，只是幻象。再接两句记其所言，梦中人向作者诉说寂寞相思之苦，实则是作者自己内心感情通过梦中人自述的折射。"夜长""春初"，既切"元日"，也借以表述心情。"薄情"，虽说是对所爱人之昵称，犹言"冤家"，然写来也不无内疚的成分。"染"字押得甚巧，意谓春方始，草未绿、柳未黄、花未红，但周围景物早染上了一层情绪色彩，看去无一不惹我相思。

过片承"相思染"，转说自己旧情难忘。"别后书辞，别时针线"，只此八字，毋须再费辞说怎么样，其意自明。"离魂"句，用唐陈玄祐《离魂记》中倩娘魂离躯体，随王宙远行，结为夫妻事，既写了意中人待己之深情，又再点"感梦"，说她魂魄远来入梦。最后两句，王国维极为推赏，他说："白石之词，余所最爱者，亦仅二语，曰：'淮南皓月冷千山，冥冥归去无人管。'"（《人间词话》）意境之深妙，确有难以言传者。惟"冥冥归去"者是魂是月，令人疑惑迷惘。"淮南"在金陵之西，月西落自可言"归去"；然所思之人亦在"淮南"，其魂魄即来入梦，梦醒自当"归去"。此中或有杜诗"环珮空归月夜魂"（《咏怀古迹》）的影响在。所以，我以为月与魂不妨两兼。"冷"字，已悄怆幽邃，再结以"无人管"三字，作者爱怜悯恻之怀人心绪，实过乎恸哭。

扬州慢

淳熙丙申至日①，予过维扬②。夜雪初霁，荠麦弥望。入其城则四顾萧条。寒水自碧，暮色渐起，戍角悲吟。予怀怆然，感慨今昔，因自度此曲，千岩老人以为有黍离之悲也③。

淮左名都④，竹西佳处⑤，解鞍少驻初程。过春风十里⑥，尽荠麦青青。自胡马窥江去后⑦，废池乔木，犹厌言兵。渐黄昏，清角吹寒⑧，都在空城。　　杜郎俊赏⑨，算而今、重到须惊。纵豆蔻词工，青楼梦好⑩，难赋深情。二十四桥仍在⑪，波心荡、冷月无声。念桥边红药⑫，年年知为谁生！

【注释】

①淳熙丙申至日：宋孝宗淳熙三年（1176）的冬至。

②维扬：即扬州，今属江苏省。

③千岩老人：萧德藻，字东夫，福建人，晚居湖州，爱其地弁山千岩竞秀，自号千岩老人。以侄女嫁白石。白石十年后始从德藻游。夏承焘《姜白石词编年笺校》云："此词小序末句，盖后来新增，白石词序多此例，《翠楼吟》《满江红》《凄凉犯》皆是。"　黍离之悲：《诗·王风·黍

离》《毛诗序》说，周东迁后，有士大夫见故都宗庙宫室平为田地，遍种黍稷，"悯周室之颠覆，徬徨不忍去，而作是诗也。"诗以"彼黍离离"（排列成行貌）起头。

④淮左：淮扬一带，宋置淮南东路，亦称淮左。

⑤竹西：扬州城东禅智寺侧有竹西亭。杜牧《题禅智寺》诗："谁知竹西路，歌吹是扬州。"

⑥春风十里：原写扬州繁华。杜牧《赠别》诗："春风十里扬州路，卷上珠帘总不如。"

⑦胡马窥江：谓金兵南侵犯扬州，前后两次，高宗建炎三年（1129）和绍兴三十一年至隆兴二年（1161—1164），后一次即作此词前十余年。

⑧吹寒：吹出凄清的声音。

⑨杜郎：指杜牧。他写了许多有关扬州的诗，此词中也大量运用。

⑩豆蔻词、青楼梦：杜牧《赠别》诗："娉娉袅袅十三余，豆蔻梢头二月初。"又《遣怀》诗："十年一觉扬州梦，赢得青楼薄幸名。"

⑪二十四桥：杜牧《寄扬州韩绰判官》诗："二十四桥明月夜，玉人何处教吹箫？"扬州唐时最为富盛，有二十四座桥可纪，至北宋仅存南桥、小市桥、广济桥、开明桥、通泗桥、万岁桥、山光桥等七八桥。见沈括《补笔谈》。白石谓"二十四桥仍在"，盖非纪实。又一说谓二十四桥即吴家砖桥，一名红药桥，在城西郊，传有二十四美人吹箫于此；当出于对杜诗、姜词的附会。

⑫红药：红芍药。当时扬州的芍药，名闻天下。

【译文】

　　我来到淮南东路著名的都市，竹西亭附近环境最优美的地方，解下了马鞍，暂停我初次来此的旅程。走在所谓春风十里的扬州繁华路上，见到的却是大片青青的荠菜麦苗。自从南侵的金兵铁蹄践踏过长江沿岸以后，这里的荒池和大树都厌恶提到这场惨酷的战祸。渐渐地天色已近黄昏，凄清的号角吹起，回荡在这空寂无人的城市里。

诗人杜牧，有非同寻常的鉴赏能力，我想他如果现在再重新来到这里，也必定会大吃一惊的。纵然他诗才横溢，以豆蔻比喻少女的措词十分巧妙，回忆在青楼所做的好梦极为动人，也难以再写出他的一片深情来了。他所写过的二十四桥依旧还在，水中央波光荡漾，一轮冷月寂静无声。想那桥边的红芍药一定年年生长，却不知道它为谁而开放。

扩展阅读

白石《扬州慢》云："自胡马窥江去后，废池乔木，犹厌言兵。渐黄昏，清角吹寒，都在空城"数语，写兵燹后情景逼真①。"犹厌言兵"四字，包括无限伤乱语。他人累千百言，亦无此韵味。（陈廷焯《白雨斋词话》）

【注释】

①燹（xiǎn）：火，多用为战火。

点 评

这是姜夔词中极少有的写历史性现实题材的代表作，也是有确切纪年的最早的一首，当时他才二十余岁。

扬州在唐代是最繁华的都市之一。俗谚云："腰缠十万贯，骑鹤上扬州。"又有诗云："天下三分明月夜，二分无赖是扬州。"北宋时代，扬州仍处于长江运河航运贸易的枢纽地位。南宋初，经金兵两次南侵，烧杀掳掠，扬州蒙受了空前浩劫。姜夔过其地，亲见了这座名城残破的荒凉景象，写下了这首充满"黍离之悲"、被历来传诵的不朽杰作。词体颇似鲍照的《芜城赋》，《扬州慢》的词调是他自创的。

首说"名都""佳处"，借昔时名胜之久闻，为下文所见之"空城"作反衬；同时又是"解鞍少驻"前的揣想和所以要到此一游的原因。岂料经过当年杜牧所说的"春风十里扬州路"，竟是青青"荠麦弥望""四顾萧条"，一片荒芜景象。然后言所以然之故："自胡马窥江去后"，述敌骑侵凌，生灵涂炭，只轻轻下"窥江"二字，叙来全无火气，造语之妙，他人难到。同样，以无知之"废池乔木，犹厌言兵"，虚写战祸在百姓心头留下的深深伤痛，较实说更蕴蓄有味。"渐黄昏"三句，由虚转实，借画角声寒，竭力烘染悲凉气氛，给人以一种亲临其境的感受。

说扬州的风月繁华，杜牧是必定会联想到的人物。下片构思即以此为主干。杜郎昔日多"俊赏"，而今若再重来，亦当惊讶不已。此正承前"空城"而来。他纵有超凡诗才，当初能写"豆蔻梢头"之词，"青楼薄幸"之梦，无奈此日市人屋宇已荡然无存，也就无从赋此深情了。只有"二十四桥仍在"，一轮"冷月"摇荡"波心"而已，玉人月夜吹箫已不再可闻。南宋时，二十四桥虽已不全，然如俞平伯所说："词人之言，并非考据，只要那时还有若干条桥，也就不妨这样说。"（《唐宋词选释》）红芍药是扬州特产，想它当年年开放如故，也不知竟为何人而吐艳呈妍？此亦杜甫《哀江头》"细柳新蒲为谁绿"意。

全篇以"波心荡、冷月无声"七字意境最佳，与其"淮南皓月冷千山，冥冥归去无人管"有异曲同工之妙。或以为此句"是'荡'字着力"（先著《词洁》），其实，"无声"二字也颇可玩味。月非有声者，何须言无呢？看去纯属废话。然诗词创造意境，常有一些用字，以理而论，似是多余，却又不可不用的，王维"长河落日圆"之"圆"即是。东坡《中秋月》诗云："暮云收尽溢清寒，银汉无声转玉盘。"也用"无声"，此非有蹊径可循，全凭诗人的敏锐感觉。

刘过一首

刘过（1154—1206）：字改之，号龙州道人，吉州太和（今江西泰和）人。屡试不第，又数次上书陈述政见，不纳。遂放浪湖海，布衣终身。与陆游、辛弃疾、陈亮等人有交。词属豪放一派。有《龙州词》。

沁园春

风雪中欲诣稼轩①，久寓湖上，未能一往，因赋此词以自解②。

斗酒彘肩③，风雨渡江④，岂不快哉！被香山居士⑤，约林和靖⑥，与坡仙老⑦，驾勒吾回⑧。坡谓："西湖正如西子，浓抹淡妆临照台⑨。"二公者，皆掉头不顾，只管传杯。　　白言："天竺去来，图画里峥嵘楼阁开。爱纵横二涧，东西水绕，两峰南北，高下云堆⑩。"逋曰："不然，暗香浮动，不若孤山先访梅⑪。须晴去，访稼轩未晚，且此徘徊。"

【注释】

①诣：往访。

②自解：对自己的行为作解说。这几句小序，一作"寄辛承旨，时承旨招，不赴"。稼轩进枢密都承旨是他六十一岁死那年的事，而他知绍兴府时为五十七岁，故"承旨"之称，当是后人所加。

③斗酒彘（zhì）肩：《史记·项羽本纪》：在鸿门宴上，樊哙勇猛闯入，卫护刘邦，项王赐给他一大斗酒和一只生猪蹄膀，樊哙便割生肉就酒吃了。后借此形容豪气干云。彘，猪。

④渡江：指从杭州渡过钱塘江到绍兴。

⑤香山居士：白居易，晚年自号香山居士。他在杭州做过刺史。

⑥林和靖：北宋诗人林逋，字和靖，长期隐居杭州西湖孤山。

⑦坡仙老：苏轼，号东坡居士，后人称坡仙，他曾在杭州做官。以上三人都写过许多与杭州有关的名篇佳作。

⑧驾勒吾回：强拉我回去。

⑨"西湖"二句：苏轼《饮湖上初晴后雨》诗："欲把西湖比西子，淡妆浓抹总相宜。"

⑩"天竺"六句：白居易《寄韬光禅师》诗："一山门作两山门，两寺原从一寺分。东涧水流西涧水，南山云起北山云。前台花发后台见，上界钟声下界闻。遥想吾师行道处，天香桂子落纷纷。"

⑪"暗香"二句：孤山在西湖中，植梅闻名，林逋爱梅，有"梅妻鹤子"之称，其《山园小梅》诗"疏影横斜水清浅，暗香浮动月黄昏"句，被推为咏梅绝唱。

【译文】

　　我真想在风雨中渡过钱塘江去，跟您见面，彼此像鸿门宴里的壮士那样豪饮大嚼，那是多么痛快的事啊！可有什么办法呢，我被白居易约了林和靖与苏东坡强拉了回去。东坡说："西湖上此刻正美，就好比西施坐在梳妆台前，对着镜子淡妆浓抹地打扮呢。"白、林两位老先生都掉过头去，装作没听见，只管递杯饮酒。

　　白居易说："我们到天竺灵隐去吧，那里楼阁巍峨，不同寻常，就像展开一幅图画。我最爱东涧、西涧两条水流，纵横萦绕，南高峰、北高峰，上下云起。"林逋却说："不一定去那边吧，现在孤山已暗暗有清香在浮动，咱们不如先去赏梅好了。待到天气放晴了，再去拜访辛稼轩也不算晚，现在就姑且在这儿流连一番吧。"

扩展阅读

　　刘改之词，狂逸之中，自饶俊致①，虽沉着不及稼轩②，足以自成一家。其有意效稼轩体者，如《沁园春》"斗酒彘肩"等阕，又当别论。（刘熙载《艺概》）

【注释】

①饶：多。

②沉着不及稼轩：词家比较刘过与稼轩者甚多，这是因为他们在交往与词风上都有不少关系。如黄升曰："改之，稼轩之客。……其词多壮语，盖学稼轩者也。"（《中兴以来绝妙词选》）张炎曰："辛稼轩、刘改之作豪气词，非雅词也。于文章余暇，戏弄笔墨，为长短句之诗耳。"（《词源》）冯煦曰："龙洲自是稼轩附庸，然得其豪放，未得其宛转。"（《宋六十家词选例言》）如此等等。

点 评

　　宁宗嘉泰三年（1203），辛弃疾被起用为绍兴知府兼浙东安抚使。这是个掌握地方军政大权的职位。他曾派人去召请住在杭州的刘过来相会。刘过正好有点事，去不了，便写了一封回信，又作了这首效稼轩体的《沁园春》词，请来人一并带回。稼轩读后，大喜。后来还特地邀他去绍兴住了好多天，临别，又赠他不少钱，让他置办些田产。刘过拿回钱来，都喝了酒。（见岳珂《桯史》）

　　词写得很特别。除稼轩词外，一般的词作很难见到有这样写的。词意说白了，很简单，大概就是：我很想前去跟您见面，但这次去不了，只好仍留在杭州与湖山为伴，等天气好时，再去拜访您。就这么简单。可写成词，却色彩丰富，语言风趣。

　　辛弃疾是文武全才。懂韬略，突击敌营时，勇猛如虎；倚声填词，也豪气干云，当时又任越帅。刘过自己也是个生性豪放的人，用"斗酒彘肩"形容倘若相会宴饮情景，确是恰到好处。放翁诗"白头烂醉东吴市，自拔长刀割彘肩"（《排闷》）也用此典。"风雨渡江"，更能增添几分豪情，也表明此次不赴，并非害怕风雨；同时又为末尾"须晴去"三字伏根。

三句之后，说不赴，上下片词意相连；说是被白、林、苏"三贤""驾勒吾回"，只好仍留在杭州，真能突发奇想。白居易、林逋、苏轼，都是早已故去的历史人物，居然成了刘过的好友，所以岳珂曾当众跟刘过开玩笑说："词虽然写得好，可惜没有神奇的药物能治疗您的'白日见鬼症'"引得"坐中哄堂一笑"。（见《桯史》）"三贤"都在杭州留有吟咏的佳话。林逋的"疏影""暗香"咏梅佳句，东坡的"西湖比西子"的绝妙比喻，都已脍炙人口；白居易那首做得极巧的七律，现在谈论的人不多，可历来咏天竺灵隐寺（当时是韬光寺）的诗，仍当数它"第一"（见清屈复辑评《唐诗成法》）。白居易曾将此诗亲书于山寺中，可见是得意之作。苏洵还见其真迹，为此东坡还写过跋文和诗。时至今日，灵隐寺大殿的楹联，仍多有据此诗拟句的。原诗用"累累如贯珠"的"连珠体"，所以刘过也特意用"纵横二涧，东西水绕，两峰南北，高下云堆"这样的骈骊语来隐括，以仿佛其韵致。末了，通过林和靖的话，表示来日将前去"访稼轩"，词意周到，也诙谐风趣。

辛词中颇有些"以文为词"的作品，如其《沁园春·将止酒，戒酒杯使勿近》词云："杯，汝来前，老子今朝，点检形骸……杯再拜，道：'麾之即去，招则须来。'"刘过此同调词的格局，也与之十分相似。

史达祖一首

　　史达祖（生卒年不详）：字邦卿，号梅溪，汴（今河南开封）人。宁宗时为权相韩侂胄堂吏，奉行文字，拟帖拟旨，俱出其手。侂胄败，被刺配充军，不知所终。词风尖巧柔媚，擅长咏物，工于炼句，为南宋婉约派名家。有《梅溪词》。

双 双 燕

咏　燕

　　过春社了①，度帘幕中间②，去年尘冷。差池欲住③，试入旧巢相并。还相雕梁藻井④，又软语、商量不定。飘然快拂花梢，翠尾分开红影。

　　芳径，芹泥雨润⑤。爱贴地争飞，竞夸轻俊。红楼归晚，看足柳昏花暝。应自栖香正稳，便忘了、天涯芳信。愁损翠黛双蛾，日日画栏独凭。

【注释】
①春社：社日是农事的祭祀日，有春秋之分。春社祈丰，通

常在春分前后，燕子飞来。

②度帘幕中间：《青箱杂记》引晏殊断句："楼台侧畔杨花过，帘幕中间燕子飞。"

③差池：《诗·邶风·燕燕》："燕燕于飞，差池其羽。"笺："谓张舒其尾翼。"

④相：相面、星相的相；细看。　藻井：装饰成井栏形、绘有菱荷藻类图案的天花板。古人以为借此能镇住火灾。

⑤芹泥：杜甫《徐步》诗："芹泥随燕嘴。"

【译文】

　　春社刚过，一对燕子便飞来，在帘幕间穿来穿去，去年的尘土在，显得冷冷落落。它们舒展着羽翼，想要憩歇下来，试着进到旧巢里去双双共栖。终究还是仔细地瞧瞧雕花的屋梁和藻绘的天花板，又软语呢喃地商量个不停。接着飘忽地飞去，迅速拂过花枝的梢头，翠色的尾剪分开时，闪动着绛红的影子。

越过芬芳的小路，在长着水芹的地方，泥土被雨水润湿，正好衔去筑巢。它们喜欢贴近地面争着低飞，以此来比赛和夸耀自己的轻盈矫健。回到红楼里来时天已很晚，它们看够了昏暗的杨柳和暮色中的花朵。现在该在香巢中安稳地共眠了，就把替天涯离人捎书信的事给忘了。这可愁坏了长着一双黛眉的佳人，让她天天在画楼上独个儿靠着栏杆等待。

扩展阅读

不写形而写神，不取事而取意，白描高手。（卓人月《词统》）

点 评

《双双燕》以词题为调名，是史达祖的自度曲；后来吴文英也继而填写过。这首咏燕词的特点是：除了最后两句寄情于凭栏女子外，全篇正面描述了一对燕子从春天飞来寻旧巢，到衔泥筑新巢，巢成后同宿并栖的全过程。极少借助于使典用事，几乎纯用白描手段，却能做到格物尽性，摹写入微，形神俱似，使所咏了然在目。

头三句写燕子认旧路归来，"去年尘冷"，大有今昔之感。"差池欲住"，写出欲住之时张翼舒尾之状。"相并"，是住时模样，然不能栖稳，片时又出，故用"试入"。体察极细微。"还相"二句，写其徘徊未决，顾盼唧啾情态，亦描摹入神。"飘然"二句，写旋即又离去，应前"欲""试""还""又"等虚字，形容燕子飞掠之形相，淋漓尽致。

换头"芳径"二字一顿，承前"拂花梢"说飞经之处。只"芹泥雨润"四字，衔泥衔草，忙碌筑巢，已在不言之中。燕子"贴地"而飞，若非寻觅营巢所需，便是捕食小虫，小虫多接近地面活动，尤其在下雨之前，但这只是事理；说燕子在"竞夸轻俊",才是它灵巧矫健的身影给人的感觉和印象,才是诗。同样,"红楼归晚",当然是为了生存的需要,词人并非不知,却偏从"看足柳昏花暝"去说,也是因为诗趣。姜夔最赏此句(见《花庵词选》),或亦为此。"应自"二句,是料想之辞,新巢既成,游览亦足,自可安稳地双栖香巢了,却不知画楼别有愁人在。"便忘了"七字,随手将燕子能捎信的传说写入,不说此事无凭,而说"忘了"便妙,极写双燕沉浸于幸福之中。至此,完咏燕之正面。歇拍写玉人"画栏独凭"的愁思,表面上看,似乎脱开了咏燕,实际上写了离人由"栖香"的双燕所引起的感慨,以及她对双燕的期盼、羡慕、妒忌……一点也没有离题。

刘克庄一首

刘克庄（1187—1269）：字潜夫，号后村居士，莆田（今属福建）人。理宗淳祐六年（1246）赐同进士出身，权工部尚书，官至龙图阁直学士，卒谥文定。诗宗晚唐，为"江湖派"代表作家；词学稼轩，宏放粗犷，为辛派重要词人。有《后村先生大全集》。

贺 新 郎

九　日①

湛湛长空黑②，更那堪、斜风细雨，乱愁如织。老眼平生空四海，赖有高楼百尺。看浩荡、千崖秋色。白发书生神州泪，尽凄凉、不向牛山滴③。追往事，去无迹。　　少年自负凌云笔④。到而今、春华落尽，满怀萧瑟。常恨世人新意少，爱说南朝狂客⑤。把破帽、年年拈出。若对黄花孤负酒，怕黄花、也笑人岑寂。鸿北去，日西匿。

【注释】

①九日：即农历九月九日重阳节。

②湛湛：形容深的样子，此指昏黑。

③不向牛山滴：不因贪生怕死而流泪。《晏子春秋》："景公游于牛山，北临其国城而流涕曰：'若河滂滂去此而死乎？'"杜牧《九日齐山登高》诗："古往今来只如此，牛山何必独沾衣。"牛山，今山东临淄南。

④凌云笔：作诗文的大手笔，语出《史记·司马相如传》。杜甫《戏为六绝句》："庾信文章老更成，凌云健笔意纵横。"

⑤南朝狂客：指晋孟嘉。他曾参加桓温的重阳龙山宴会，风吹帽落而不觉（《晋书·孟嘉传》）。下文"破帽"出苏轼咏重九《南乡子》词，反用落帽典故云："破帽多情却恋头。"

【译文】

天空是那么昏黑，斜风细雨、心头愁云重重密布，更令我难以承受。老眼尚明，与往常一样，总能望尽四海风云，这全凭有志士登临兴慨的百尺高楼。看那万千山崖呈现出一片浩荡秋色。我这个白发书生为神州的沉沦而淌下了热泪，尽管境况凄凉，这泪水也决不为个人生死而流。往事回想，已烟消云散，全无痕迹。

在年轻的时候，我自负有一支凌云的健笔。到现在，那奔放的意气、华丽的词藻，都已经像春花一样落尽，留下的只有满腔萧瑟情怀了。我常常恨世上写诗填词的人新意太少，每逢重九登高，总喜欢说南朝狂客孟嘉那点事。每年到这个时候，就把那顶破帽拿出来。如果面对菊花不饮酒，辜负了这好时光，只怕菊花也要笑我太孤单寂寞了吧。大雁已远飞而去，白日也在西边藏匿了起来。

扩展阅读

　　《别调》一卷①，大率与稼轩相类，杨升庵谓其壮语足以立懦②，余窃谓其雄力足以排奡云③。（毛晋《后村别调跋》）

【注释】

①《别调》一卷：刘克庄的词集名《后村别调》，一卷。

②杨升庵：明杨慎，号升庵。其《词品》云："《后村别调》

一卷，大抵直致近俗，效稼轩而不及者也。其《送子华帅真州》词（调名《贺新郎》），壮语亦可起懦。"

③排奡（ào）：矫健的样子。韩愈《荐士》诗："横空盘硬语，妥帖力排奡。"

点　评

写重阳的诗词历来不少，若要成为佳作，总须不落前人窠臼，能自出新意。作者有这样的想法，也有意识地以此词来实践。

写重阳，总写晴天，而此词偏从"湛湛长空黑"和"斜风细雨"写起，出人意料。这样，"乱愁如织"仿佛就是因为风雨辜负了重阳而产生的。其实，作者的"乱愁"有其时代和社会的原因，而这场风雨，不管是否真有过，写在这里，都带有某种超越自然现象的象征性。"老眼"二句一转，说全凭壮怀高瞻，才使我未致消沉。重九登高，本是登山，此写登楼，也是翻新。"看浩荡"七字，是登临眺望所见的正面，已是风雨过后景象，然亦不作细写。"白发"与"老眼"相应，以下转入抒情。前说"乱愁""四海"，此出"神州泪"，十分自然。又以"尽凄凉"三字一衬垫，而与"牛山滴"相对举，豪情壮语，如读放翁歌行。齐景公游牛山，为重九登高之始，故杜牧诗亦用之。"追往事，去无迹"六字，深沉感慨，开出下片。

换头"少年"句，承"追往事"，通过"自负凌云笔"几个字，把当年自己非凡的才华、壮志、豪情、锐气，以及浪漫情调、峥嵘头角等等，都加以概括，包涵极富。"到而今"，折回眼前，"春华"之喻，含意灵活，与"满怀萧瑟"相连，其用意并非说豪气已消，才思耗尽，而只是文章藻华落尽，风骨凛然的含蓄的自谦语；即清诗人黄仲则所谓"结束铅华归少作，屏除丝竹入中年"（《绮怀》）意。杜甫《咏怀古迹》诗云："庾信平生最萧瑟，暮年诗赋动江关。"此"萧瑟"二字之所据。有此自负，方能下接"常恨世人新意少"句。"把破帽、年年拈出"，亦善作谐语，但作者的真实用意，恐不在于讥诮人们动辄用孟嘉落帽典故，而是恨登高眺望大好河山而无家国之恨，只有些个人的叹老嗟卑之类的话。"若对黄花"二句，说欲求一醉，以消心中之"乱愁"。陶潜有把菊待酒故事，词用其意而创新。末以"鸿北去，日西匿"景语作结，也有国势衰颓的象征意义在。秋雁南飞，而此曰"北"，说此词者或避其字义而只说是"鸿飞冥冥的意思"；或以为"鸿北去"犹云"心北去"，"无非是北向中原，注目遥望而已"。未知孰是。

吴文英 二首

吴文英（1200？—1260？）：字君特，号梦窗，晚号觉翁，四明（今浙江宁波）人。本姓翁，入继吴氏。理宗绍定年间为苏州仓司幕僚，终生未仕。行踪不出江、浙。知音律，能自度曲，词师法周邦彦，运意深远，用笔幽深，艺术追求颇高，不免有时流于晦涩，有"词家之李商隐"之称。有《梦窗甲乙丙丁稿》四卷。

风入松

听风听雨过清明，愁草瘗花铭①。楼前绿暗分携路，一寸柳，一寸柔情。料峭春寒中酒②，交加晓梦啼莺。　　西园日日扫林亭，依旧赏新晴。黄蜂频扑秋千索，有当时纤手香凝。惆怅双鸳不到，幽阶一夜苔生③。

【注释】

①"愁草"句：谓因发愁而懒得去草写咏落花的诗词。瘗（yì），埋葬。传庾信有《瘗花铭》，今集中不存。

②中酒：病酒。

③"惆怅"二句：双鸳，喻美人的鞋子，即履迹。庾肩吾《咏长信宫中草》诗："全由履迹多，并欲上阶生。"李白《长干行》："门前迟行迹，一一生绿苔。"

【译文】

我听着风雨声度过清明节，愁绪满怀，也懒得写《瘗花铭》之类的文字。楼前我们分手的路上已被浓绿遮暗，那一寸寸柳丝啊，都牵动我一寸寸柔情。春寒尚料峭，我终日为酒所困，晓梦惊醒时，耳边尽是纷乱的莺声。

西园里的林园亭台，我天天都要打扫，我也依然像过去一样喜欢欣赏雨后的新晴。黄蜂不断地飞扑着秋千上的绳索，怕是绳上还留着你纤手的芳香吧。我为园中再也见不到你的足迹而惆怅，寂静无人的阶石上，一夜之间都长满了青苔。

🌿 扩展阅读 🌿

此是梦窗极经意词，有五季遗响。"黄蜂"二句，西子衾裙拂过来，是痴语，是深语。结笔温厚。（谭献《谭评词辨》）

【译文】

这首词是吴文英苦心构思而成，有五代词的余风。"黄蜂"二句，仿佛写出西子的衾裙轻拂而过，似情痴时所发之言，又别有深意。词的结尾处用笔温婉而不失厚重。

🐏 点 评 🐏

这是一篇西园怀人之作。据夏承焘师考证，西园在苏州，为词人和吴姬寓居之地，词中屡及之。如《风入松》："暮烟疏雨西园路，误秋娘、浅约宫黄。"《浪淘沙》："往事一潸然，莫过西园"等，所写都是这段情事。

首句已为全篇定下凄苦的基调：凄风苦雨，又值清明，倍觉孤寂。用两"听"字，写尽小楼独坐，百无聊赖的情态。"愁草瘗花铭"句，历来解多歧义。其实，"愁草"犹言怕草、懒草，就是因愁而不欲草写的意思；"《瘗花铭》"，俞平伯以为是借用庾信篇名，意思只是"题咏落花的诗词而已"（《唐宋词选释》）。怕赋葬花诗词，是因为花落象征着青春凋谢、华年逝去；吟咏这一题材，会使因所恋之人已不在而感伤的词人，更不堪忍受心灵上的折磨。然而这层意思是由"楼前"两句看出的，"分携"二字，点出了所述之情事和主题。垂柳成荫，绿暗去路，此风雨落花后又一番景象。长条依依，千丝万缕，无不勾起心头往事，牵动丝丝柔情。"料峭"二句精警。盖病酒者怯冷，复值春寒料峭，更觉遍体畏寒；晓梦不知寂寞，正欲旧欢重温，却被交加莺声啼破。总写愁怀难遣，伊人难觅。刘熙载《艺概》云："词之妙，莫妙于以不言言之；非不言也，寄言也。"此二句足以当之。

　　换头先点出"西园"。"日日扫林亭"，犹望其来；"依旧赏新晴"，旧习不改。"新晴"与发端"风雨"相呼应。可以想见当初二人必曾携手同游，共赏西园雨后初晴之美景，如今伊人已去，而景物与习惯都不改，故曰"依旧"；则言"赏新晴"实为"忆旧事"也。"黄蜂"二句，脍炙人口，能将无作有，写出情之痴迷。陈洵云："见秋千而思纤手，因蜂扑而念香凝，纯是痴望神理。"（《海绡说词》）纤手留香是梦窗词中常见的意象，如《浣溪沙》之"玉纤香动小帘钩"、《祝英台近》之"玉纤曾擘黄柑，柔香系幽素"等等皆是。盖在痴情人眼中，一些平素不经意的小节，往往能在日后的追忆中成为难以磨灭的印象。以上数句极写相思之深、相望之切，故末以履迹不到，苔生石阶作结，愈觉怅惘不尽。"一夜苔生"，是神来之幻笔。以理而论，春雨本易滋藓苔，此夸张之基础；以情而论，恰如伍子胥过昭关，一夜头白，非如此写不足以表现愁思之甚也。

唐多令

　　何处合成愁？离人心上秋[①]。纵芭蕉不雨也飕飕。都道晚凉天气好，有明月，怕登楼。　　年事梦中休，花空烟水流。燕辞归、客尚淹留。垂柳不萦裙带住，漫长是、系行舟。

【注释】

①心上秋："心"字之上加"秋"字，合成"愁"字。

【译文】

　　这愁是从哪里聚集的呢？原来它是离人心上的秋意啊！芭蕉纵然不被雨打也沙沙地响，听去冷飕飕的。人人都说现在夜晚凉快，天气正好，我却因为明月当空，害怕登楼望见它而引起伤感。

　　一年的盛事像做了一场梦那样过去了，万紫千红，都已成空；烟笼寒水，东流不返。燕子已离巢回南方去了，我却依然滞留在异乡。杨柳垂下的长条绾结不住我心上人的裙带，却总是任意地将我远行的船儿系住，不让我归去。

扩展阅读

　　此词疏快，却不质实[1]。如是者集中尚有，惜不多耳。（张炎《词源》）

【注释】

①质实：张炎主张词要清空，不宜质实，他欣赏这一类风格疏快的词，可惜此类词在梦窗集中太少。但也有与他截然相反的意见，如陈廷焯《白雨斋词话》称"《唐多令》几于油腔滑调，在梦窗集中最属下乘。"

点 评

　　梦窗词中，长调大部分有镂金刻彩的特点，而小令短章也有较畅明疏快的。本篇语言浅显，纯用白描，如淡墨作画，随意挥洒，可作后一类风格的代表。词是思归之作。想念的对象，大概是他已离去的姬妾。

　　词的头两句说离愁。一问一答，因"愁"字由"心"上"秋"合成，遂拆字组句，用的是字谜中离合体的格式，近乎古乐府中《子夜》一类民歌的写法，语带几分诙谐机智。陈廷焯斥之为"几于油腔滑调"，未免太一本正经。诗词本不要定于一格，滑稽、幽默、嬉笑、嘲弄，都无不可，只要用得恰当。比如说"秋"字，在诗词特殊修辞上，便有多种用法："天气晚来秋""竹深夏已秋"的"秋"，是凉爽；"风寒叶自秋""海树风高叶易秋"的秋，有飘零之意；"山容客鬓两添秋""胡未灭，鬓先秋"，与色有关；"四壁老蛩秋""沧江雁送秋"，与声有关；"梅子黄时麦已秋"，则是成熟；"江含万籁客心秋"，则是悲凄，如此等等。此词中"秋"的用法与末例同，正说愁绪之造成，因离人心境凄凉也。当然，时值秋天，也是用字的依据。此外，发端"何处"二字也宜注意，词人说，愁之生成，不在外界天地之秋至，而在离人内心已似衰秋，犹芭蕉不待雨打，也觉飕飕生凉。写景之中，兼有比兴。后三句正证明人之心态不同，其悲欢自异。同为秋夜，人喜晚凉月明，我则怕登楼伤感，只因月圆人不圆也。

　　换头承前续说感秋，怀人之意，仍在隐约之中。时序至秋，繁华都尽，花落水流，更无赏心乐事；而言"梦中"者，亦杜牧江湖落魄、扬州一梦之梦耳。"花空烟水流"，参梦窗它作所言情事，当亦暗伤佳人何处，非泛泛叹青春易逝、年华渐老也。燕已辞巢南归，人尚淹留作客，此诗歌之传统意象。曹丕《燕歌行》云："群燕辞归雁南翔，念君客游思断肠。慊慊思归恋故乡，何为淹留寄他方？"即其所本。结尾二句，就即景的"垂柳"做文章，柳本关合离情，秋柳长条低垂似索，故言能"萦"能"系"，然该萦绾住"裙带"偏"不萦"，不该系在"行舟"又偏"漫""系"之。"不系裙带住"，则言姬妾已去甚明。以痴语对垂柳发泄怨恨，既有诗趣，也有情致。

蒋 捷 一首

蒋捷（生卒年不详）：字胜欲，号竹山，阳羡（今江苏宜兴）人。度宗咸淳十年（1274）进士。宋亡，遁迹不仕。其词说炼缜密，语多创获。有《竹山词》。

一 剪 梅

舟过吴江①

一片春愁待酒浇。江上舟摇，楼上帘招②。秋娘渡与泰娘桥③。风又飘飘，雨又萧萧。　　何日归家洗客袍？银字笙调④，心字香烧⑤。流光容易把人抛。红了樱桃，绿了芭蕉。

【注释】

①吴江：县名，今属江苏，在苏州南，太湖东。

②帘招：酒旗招客。

③秋娘渡、泰娘桥：皆吴江的小地名。秋娘，唐艺妓名。元稹《赠吕三校书》诗："竞添钱贯定秋娘。"亦用为美人之称。白居易《琵琶行》："妆成每被秋娘妒。"泰娘，唐有刘泰娘，妓女，见《北里志》。

④银字笙：乐器，笙管上镶有银字者。 调：调弄，吹奏。

⑤心字香：将香料碾末，盘制成篆体"心"字形的香。

烧：焚于香炉。

【译文】

　　春天的愁绪在心中升起，要等酒来将它浇灭。我乘坐的船摇着橹，在江上行走；两岸酒楼上青旗摆动，仿佛在向我招手。船儿过了秋娘渡，又过泰娘桥，风在呼呼地吹，雨在淅淅沥沥地下。

　　什么时候我才能回到家里，让家人把我在碌碌风尘中穿的袍子清洗一下？再让爱妻吹奏起银字笙，香炉中焚着心字香，这有多么温馨啊！唉！光阴似流水，最容易将人抛弃。你看，樱桃又红了，芭蕉又绿了！

扩展阅读

捷词炼字精深，音词谐畅，为倚声家之矩矱①。（纪晓岚《四库全书提要·竹山词》）

【注释】

①矱（yuē）：法度。

【译文】

蒋捷的词用字精妙深刻，音律和谐，文辞顺畅，在按照词调作词的名家中，可以称得上是典范了。

点　评

此是蒋捷羁旅途中思归之作。或以为"南宋亡后，蒋捷飘零于姑苏一带太湖之滨"，词写"国已破，家难安，对一个忠贞之士来说，从此将是无尽的流亡生涯"（江苏古籍出版社《唐宋词鉴赏辞典》）。这样说，虽非绝无可能，但毕竟不太像。词中并没有亡国乱离之痛内容，连暗示也看不出来；与他写在宋亡后的《贺新郎·兵后寓吴》词所说的"万叠城头哀怨角""明日枯荷包冷饭"等显然异趣。再说，蒋捷本就是江苏宜兴人，与吴江同处太湖之滨，只是有西东之别而已。他写吴江一带的词不少，焉知这次经过不在宋亡之前。所以，我以为仍以旅途思归词视之为妥。

首句当着眼于"春愁"二字，它既是春光短暂惹起的愁思，也是因不能回家与爱妻团聚而涌上心头的相思苦情。二者融合，便有青春可惜、年华易老之叹，亦即下片"流光容易把人抛"也。酒能"浇"愁，但人在旅途，故下一"待"字。"江上"三句，正面写"舟过吴江"题意。"江上"是吴淞江（也叫吴江）上。岸边楼上，"杏帘招客饮"，正关合"待酒"，舟只经过，并不停泊，望楼兴叹而已。"秋娘渡与泰娘桥"，《全宋词》讹作"秋娘度与泰娘娇"，语不可通，龙榆生《唐宋名家词选》校正之。举两个小地名为写"舟过"。渡口与石桥以某"娘"命名，正江南姑苏一带特色，见所过处历来多秦楼楚馆，乃风情温柔之乡。这与"楼上帘招"同样起着反衬的作用。眼前风雨萧萧，春意阑珊，更增心情之惆怅。

上片记事写景，下片抒情。换头"何日归家"之问，点出主题，既是说未有归期，又表现急切心情。"洗客袍"，代表可以结束忙碌奔波的不安定生活，让自己在身体和精神上都得到放松。所以接着写自己沉湎于有爱妻陪伴、室内吹笙焚香，过着温馨生活的幻想情景中。但这只不过是美好的愿望罢了。末了三句，折回到现实中来。叹岁月之无情，华年都在风尘里，不知不觉之中，春天又过去了！"红了樱桃，绿了芭蕉"，说得真好！说是景语，又是情语，其妙处丝毫也不逊于李清照的"绿肥红瘦"。刘熙载称其词"洗炼缜密，语多创获"（《艺概》），或亦指此类而言。

《一剪梅》词调得名于周邦彦该调词首句"一剪梅花万样娇"，其上下片各在一、三、六句押韵。蒋捷此词体格与清真词各异，句句有韵，与七言长句、四言短句夹杂的形式相配合，读来别有韵致。又蒋词的四字句，都用对偶排比句法，七言"秋娘渡与泰娘桥"，则用于当句之内。这在此词语言的艺术表现力上，也发挥了很大的作用。他另有一首《行香子·舟宿兰湾》词，将此词中的语句，大量重复使用，大概是同时之作，今录于末，以供研究参考。词云：

> 红了樱桃，绿了芭蕉。送春归，客尚蓬飘。昨宵谷水，今夜兰皋。奈云溶溶，风淡淡，雨潇潇。　　银字笙调，心字香烧。料芳悰（cóng，欢情也），乍整还凋。待将春恨，都付春潮。过窈娘堤，秋娘渡，泰娘桥。

张炎一首

张炎（1248—?）：字叔夏，号玉田，祖籍西秦（今陕西），寓居临安（今浙江杭州）。南宋初大将张浚后代，年轻时纵情诗酒，宋亡后家境败落，纵游江湖，曾北至燕、蓟间，旋即南归，在浙东一带漫游，与周密、王沂孙交好，潦倒以终。词属姜夔"清空"一派，重视技巧，追求典雅，宋亡后词风渐趋凄凉。有《词源》《山中白云词》（又名《玉田词》）。

解 连 环

孤 雁

楚江空晚。怅离群万里，恍然惊散。自顾影、欲下寒塘①，正沙净草枯，水平天远。写不成书，只寄得、相思一点。料因循误了，残毡拥雪②，故人心眼。　　谁怜旅愁荏苒③？漫长门夜悄，锦筝弹怨。想伴侣、犹宿芦花，也曾念春前，去程应转④。暮雨相呼⑤，怕蓦地、玉关重见。未羞他、双燕归来，画帘半卷。

【注释】

①欲下寒塘：唐崔涂《孤雁》诗："暮雨相呼疾，寒塘欲下迟。"

②残毡拥雪：用苏武雁足系书事。《汉书·苏武传》：苏武被匈奴扣留，曾"卧啮雪与毡毛并咽之，数日不死"。

③荏苒（rěn rǎn）：时光渐渐过去。

④去程应转：鸿雁候鸟，秋来南飞，春至北归，故曰"去程应转"。

⑤暮雨相呼：见注①。

【译文】

　　楚地江上，暮色苍茫，天已向晚。一只离群万里的孤雁正惆怅不已，当它恍然惊觉自己已与队伍失散了的时候。它顾影自怜，想要飞下寒塘去栖息，看看四周，只见白沙枯草，秋水平静，天宇辽远。一只雁儿排不成字，写不成信，能给人捎去的，也只有相思一点。我料它迟疑不决地已耽误了饮雪吞毡、一心归汉的苏武那样的老朋友的心愿。

有谁能怜惜羁旅者的愁思随着时光而渐增呢？徒然听得深夜静悄悄的长门宫里，锦筝弹奏出一片哀怨。雁儿想：自己的伴侣现在一定还栖宿在芦花丛中，它也一定想过，春天到来之前，南飞的旅程该回转向北飞了。我会不管暮雨霏霏，一路上急急地相呼，我怕突然会在玉门关外又重新与它见面。那时，我不会因遇到半卷的画帘中归来的幸福双燕而害羞。

扩展阅读

炎生于淳祐戊申[①]，当宋邦沦覆，年已三十有三，犹及见临安全盛之日；故所作往往苍凉激楚，即景抒情，备写其身世盛衰之感，非徒以剪红刻翠为工。至其研究声律，尤得神解，以之接武姜夔[②]，居然后劲，宋、元之间，亦可谓江东独秀矣。（纪昀《四库全书提要·山中白云提要》）

【注释】
①淳祐戊申：宋理宗淳祐八年，公元 1248 年。
②接武：足迹相连，喻继法前人。武，足迹。

【译文】
　　张炎出生于淳祐八年戊申，当南宋灭亡之时，他已经三十三岁了，还来得及看见临安全盛时代的景象，所以他的词往往风格苍凉，激越凄楚，描绘眼前景物，抒发内心情绪，多方面地写出他对身世盛衰的感受，并非徒然地以剪裁、雕刻那些花花草草的东西来显示自己的技巧。至于他研究声律，更能领会其中的神理，以此来追踪效法姜夔，居然成了白石道人有力的继承者，宋末元初间，在江东也可算得上是一枝独秀了。

点 评

咏物词中的上乘之作，必定在出色地描写所咏之物的同时，还能有启人联想的思想寄托。张炎的这首孤雁词即是如此。作者在很大程度上，把自己比喻成了一只孤雁。

首句先布好环境。诗词中多"雁声远过潇湘去""衡阳雁去无留意"之类句子，皆湖南事，故首点"楚"。"怅离群"至"水平天远"五六句，写其失群离散、惊恐自怜的情景。其中前九字二句，犹描摹入化，词意前后句倒装。"顾影"写"孤"字之神；用"欲下寒塘迟"诗句，减一"迟"字，而迟疑徘徊之状，却能从其后九字的写景中见出。"写不成书，只寄得、相思一点。"从"雁字""雁书"想来，雁阵排列，或成"人"字，或成"一"字；孤雁排不成字，自然也就"写不成书"，寄不成书。与"雁字"的字形笔画比，孤雁只能算是一个"点"，书因相思而写，所以说"只寄得、相思一点"。妙语巧思，脍炙人口。张炎也因这两句而获得了"张孤雁"的称呼。（见《江疏·至正直记》）"残毡拥雪"，因北海牧羊之苏武有雁足传书、得以归汉事，便借以寄托自己对宋室的存念。孤雁迷途徬徨，故曰"因循误了"。

过片"谁怜旅愁荏苒"句，双关自己和孤雁，彼此同是漂泊无归者。"谁怜"之问，又用一"漫"（空有、徒闻）字，带出长门弹筝两句来。筝上系弦之柱，排列如雁行，故张先词有"玉柱斜飞雁"之句，此写筝之所以贴雁也。长门之怨，乃思君而不得见，也与用苏武事所寄之悲感同。"想伴侣"至末了，别开生面，另立新场。"想伴侣、犹宿芦花"，是孤雁思伴；"也曾念春前，去程应转"，是说伴侣也在思忖，它之所以苦苦盼"春前"能"转""程"飞回北方，无非是希冀到原地或能侥幸再见中途失散之情侣，然又从孤雁想象中出之。"暮雨相呼"，已不知是孤雁呼伴，还是伴呼孤雁，或者竟是彼此都在呼唤对方吧！"怕蓦地、玉关重见"，言经历如此劫难，竟得破镜重圆，当不知如何悲喜交集了。

明明是狂喜，却用一"怕"字刻画心态，真能入木三分！结两句亦精彩，画帘中之双燕，自是幸运的一对，不说"未羡他"，而偏说"未羞他"，令人想象双雁重逢时，虽毛羽零落，憔悴瘦损，亦定是交颈而鸣，喜极而泣，岂虑见笑于双燕而害羞哉！

王沂孙 一首

王沂孙（生卒年不详）：字圣与，号碧山，又号中仙、玉笥山人，会稽（今浙江绍兴）人。能文工词，广交游。入元，于至元年间（1264—1295），曾出仕庆元路（治所在今浙江鄞县）学正。词以咏物见长，间寓故国之感。有《花外集》（一名《碧山乐府》）。

眉　妩

新　月

渐新痕悬柳，淡彩穿花，依约破初暝。便有团圆意①，深深拜②，相逢谁在香径？画眉未稳，料素娥③、犹带离恨。最堪爱、一曲银钩小，宝帘挂秋冷④。　　千古盈亏休问，叹慢磨玉斧⑤，难补金镜⑥。太液池犹在⑦，凄凉处、何人重赋清景？故山夜永，试待他、窥户端正⑧。看云外山河，还老桂花旧影⑨。

①便有团圆意：牛希济《生查子》词："新月曲如眉，未有
　团圆意。"这里强调发展趋势，故反用其意。
②深深拜：唐宋时有拜新月的习俗。如李端《新月》诗：
　"开帘见新月，即便下阶拜。细语人不闻，北风吹裙带。"
③素娥：即嫦娥。李商隐《霜月》诗："青女素娥俱耐冷，
　月中霜里斗婵娟。"又《秋月》诗："嫦娥无粉黛，只是
　逞婵娟。"
④宝帘：窗帘的美称。一本作"宝奁"；上言"银钩"，以
　作"帘"为是。
⑤慢磨玉斧："慢"同"漫"，徒然。玉斧，旧传月中吴刚
　以斧伐桂，后演化为玉斧修月之事。方回《赵宾旸唐师善
　见和涌金门望次韵》诗："玉斧难修旧月轮。"
⑥金镜：喻月。李贺《七夕》诗："天上分金镜，人间望
　玉钩。"
⑦太液池犹在：陈师道《后山诗话》："太祖夜幸后池，对新
　月置酒。问：'当直学士为谁?'曰：'卢多逊。'召使赋诗。
　请韵。曰：'些子儿。'其诗云：'太液池边看月时，好风吹
　动万年枝。谁家玉匣开新镜？露出清光些子儿。'太祖大喜，
　尽以坐间饮食器赐之。"太液池，汉唐宫中池名。
⑧端正：指十五的圆月。韩愈《和崔舍人咏月二十韵》诗：
　"三秋端正月，今夜出东溟。"端正月，谓中秋月。
⑨还老桂花旧影：一本作"还老尽，桂花影"。

【译文】

　　渐渐地新生的月儿已悬挂在柳梢头了，它那淡淡的光华
穿过花丛，隐约地把才降临的暮色冲破。纵然这新月已有渐
渐团圆的心意，可是向月儿深深下拜、祈求如愿的人儿，又
有谁与她在花径中相逢呢？好像纤纤的眉毛尚未画好，我料

想嫦娥也还怀着离愁别恨。最可爱的是新月像一弯小小的银钩，将天幕如宝帘似的高高地挂在寒冷的秋夜里。

千万年来，月亮总是圆了又缺，缺了又圆，这道理你不必去追究，可叹的是徒然磨快吴刚的玉斧，也难以把这破碎的金镜修补起来。从宋太祖起，许多皇帝都来赏过月的太液池，至今仍在，它是那么的凄凉，有谁再来这儿重新赋诗，吟咏新月的清影呢？故国的青山，夜是漫长的。试待他日明月团团、清光窥户之时，再看那云外的大好河山，怕是连月中的桂花树也要老了！

扩展阅读

"千古"句忽将上半阕意一笔撇去，有龙跳虎卧之奇①，结更高简②。（陈廷焯《白雨斋词话》）

【注释】

①龙跳虎卧：比喻笔势之纵横自在，原形容书法，此用以说作词。梁武帝书评："王羲之书，如龙跳天门，虎卧凤阙，

是故历代宝之，永以为训。”

②结更高简：此词的结尾，更是格调高超，用语简练。

❦ 点 评 ❦

《眉妩》之调，义同词题，故用来咏新月，以寄遗民之恨。

陈匪石云：“起处‘渐’字领句，已从‘新月’着想。以下八字力写‘新月’，继之曰‘依约破初暝’，是一线光明气象，皆题之正面也。”（《宋词举》）所谓“一线光明”，其实只在新月之趋向，它一天天地圆起来，似乎能带给人们以某种希望。古代民间有拜新月的习俗，又多是妇女。她们拜月祝祷，愿自己能与钟情之人谐合、离别之人相逢。可愿望总是落空。“便有”之后再说“谁在”，先纵后收，带出“离恨”来。新月如纤眉，故言“画眉”，自有“张敞画眉”美谈后，画眉几成夫妻和合相爱的象征。以“未稳”暗示未谐，而月即嫦娥，眉亦嫦娥之眉，故料其“犹带离恨”，天上如此，况人间乎！“最堪爱”，再回到正面来，收束上阕。“银钩”为挂“帘”之用，故一本“帘”作“衾”不妥。出一“冷”字，承前启后，确定了全篇基调。

过片撇开上阕，从大处落墨，将月之“盈亏”提到哲理高度。人之欲“问”，正为新月之“亏”耳。故以感叹替代了回答，以示理虽难明而情实至深。“难补金镜”，切缺月而言，所喻则金瓯已破之恨也。“太液池”二句，紧承之，以足前意。自宋太祖宴赏，命宰相卢多逊赋诗，留下佳话后，南宋之高宗、孝宗亦相继效法。当时曾觌（dí）献《壶中天慢》词，有“何劳玉斧，金瓯千古无缺”之句，与王沂孙词先后成了对照。池苑“犹在”，盛事难再，低徊之情无限。末了推开一步，由新月而想象到圆月，即所谓“窥户端正”之时。其时，“看云外山河”分外明丽，然竟非汉家之山河，能不更令人痛心欲绝？“还老桂花旧影”，此正李长吉《金铜仙人辞汉歌》“天若有情天亦老”之意。